어니스트 헤밍웨이
Ernest Miller Hemingway
1899. 7. 21~1961. 7. 2

스무 살 무렵의 청년 헤밍웨이

1899년 7월 21일 미국 일리노이 주 시카고 근처의 오크파크에서 태어났다. 의사인 아버지와 성악가인 어머니 사이에서 풍족한 유년 시절을 보냈고, 어릴 때부터 아버지를 따라다니며 사냥과 낚시를 배웠다. 이때의 기억은 그의 초기 걸작 단편집《우리들의 시대에(In Our Time)》(1924)의 토대가 되었다. 1917년 고등학교 졸업 후 시카고의 〈캔자스시티 스타〉에서 6개월간 기자로 일하며, 간결하고 힘 있는 헤밍웨이 특유의 '하드보일드' 문체를 익히기 시작했다. 이듬해에 1차 세계대전에 참전하여 이탈리아 전투에 운전병으로 투입되지만 중상을 입고 밀라노의 적십자병원에 입원했다. 이곳에서 일곱 살 연상의 미국인 간호사 아그네스 폰 쿠로브스키와 사랑에 빠지고, 이때의 경험은《무기여 잘 있어라(A Farewell to Arms)》(1929)를 비롯한 그의 여러 작품에 모티브가 되었다.

1921년 〈토론토 스타〉의 유럽 특파원 자격으로 파리에 주재하면서 거트루드 스타인, 에즈라 파운드, 스콧 피츠제럴드 등 당대의 유명 작가들과 교류하기 시작했다. 1926년 삶의 방향을 상실한 젊은이들의 방황과 환멸을 사실적으로 그린 첫 장편《태양은 다시 떠오른다(The Sun Also Rises)》를 발표하여 일약 미국 문단의 총아로 주목을 받고, 이어 1차 세계대전의 참전 경험을 토대로 한 두 번째 장편《무기여 잘 있어라》(1929)를 발표해 세계적 작가의 반열에 올랐다. 이때 그의 나이 서른이었다. 그 후 〈킬리만자로의 눈(The Snow of Kilimanjaro)〉(1936), 〈프랜시스 매컴버의 짧고 행복한 생애(The Short Happy Life of Francis Macomber)〉(1936)와 같은 뛰어난 단편들을 발표하고, 1940년 스페인 내전을 소재로 한 장편《누구를 위하여 종은 울리나(For Whom the Bell Tolls)》를 통해 다시 한 번 작가로서의 명성을 굳혔다.

이후 오랜 침체기 끝에 1952년 완성한《노인과 바다(The Old Man and the Sea)》는 100여 쪽 분량의 짧은 이야기임에도 불구하고 발표되자마자 이틀 만에 500만 부가 팔리며 엄청난 반향을 일으켰다. 이 작품으로 퓰리처상과 노벨문학상의 영예를 안으면서 20세기 미국 문학의 거장으로 자리매김했다. 그러나 건강이 악화되면서 우울증과 알코올중독증에 시달리던 헤밍웨이는 몇 차례의 자살 시도와 입원을 반복하다 1961년 7월 2일 오하이오 케첨의 자택에서 엽총으로 자신의 생을 마감했다.

우리들의 시대에

시공 헤밍웨이 선집

I n　　O u r　　T i m e

우리들의 시대에

어니스트 헤밍웨이 지음
김성곤 옮김

시공사

해들리 리처드슨 헤밍웨이에게

일러두기

1. 이 책은 1924년 출간된 어니스트 헤밍웨이(Ernest Hemingway)의 《우리들의 시대에(In Our Time)》를 우리말로 옮긴 것이다.
2. 번역은 스크리브너(Scribner) 출판사에서 2003년 발행한 문고판을 대본으로 사용했다. 《우리들의 시대에》는 1924년 파리 스리마운틴 프레스사에서 처음 출간되어, 다음해인 1925년 미국판이 출간되었다. 1930년, 향후 헤밍웨이의 전 작품을 출간하게 될 스크리브너 출판사에서 〈스미르나의 부두에서(On the Quai at Smyrna)〉가 프롤로그로 추가된 증보판이 출간되었으며, 본 판본은 이 1930년 판의 체제를 따르고 있다.
3. 본문에 등장하는 영어를 제외한 외국어는 원작에서 해석 없이 쓰인 경우 작품의 분위기를 고려하여 독음으로 표기하고 각주를 달았다. 단, 독자의 가독성을 해친다고 판단되는 경우는 해석을 괄호 안에 넣어 본문에 함께 병기했다.
4. 본문의 주는 모두 옮긴이 주이다.

차례

스미르나의 부두에서　9

인디언 캠프　13

의사와 의사의 아내　23

무언가의 종말　33

사흘간의 폭풍　43

권투선수　63

아주 짧은 이야기　81

병사의 집　87

혁명가　101

엘리엇 부부　107

빗속의 고양이　115

계절이 끝나고　123

사방에 내리는 눈　137

우리 아버지　149

두 개의 심장을 가진 큰 강 1　171

두 개의 심장을 가진 큰 강 2　187

해설 헤밍웨이 문학의 시원　209

어니스트 헤밍웨이 연보　225

스미르나*의 부두에서

그가 말했다. 이상한 것은, 그들이 밤마다 자정이 되면 소리를 질렀다는 거야. 그들이 그때 왜 소리를 질렀는지, 나는 지금도 몰라. 우리는 항구에 있었고, 그들은 부두에 있었는데, 자정만 되면 그들이 소리를 지르기 시작했어. 우리는 그러지 못하게 하려고 탐조등을 비추곤 했는데, 그게 먹혀들어갔지. 탐조등을 위아래로 두세 번씩 비추면 그들은 조용해졌어. 그때 나는 부두의 선임 장교였는데, 한번은 화가 난 터키 장교가 날 찾아와서 우리 수병 중 하나가 자신을 모독했다고 항의를 했어. 그래서 나는 그 수병을 배로 보내 혹독하게 처벌하겠다고 말했지. 나는 그에게 그 수병을 지목해달라고 했어. 그는 포수의 조수

*터키의 도시 이즈미르의 옛 이름.

를 지목했는데, 그 수병은 가장 온순한 녀석이었어. 터키 장교는 통역을 통해, 그 수병이 계속해서 악질적으로 자기를 모독했다고 말했어. 그 포수의 조수가 어떻게 터키어를 알아서 터키 장교를 모독했는지 알 수 없는 노릇이었지. 그래서 나는 그 수병을 불러서 물었어. "터키 장교들에게 뭐라고 말한 적이 있나?"

"아무 말도 한 적 없습니다."

"그랬겠지." 내가 말했어. "배로 돌아가서 오늘은 해변으로 나오지 말도록 해."

그런 다음, 나는 터키 장교에게 그 수병을 배로 돌려보냈으며 중벌을 받을 거라고 말해줬어. 그것도 가장 혹독한 벌을. 그는 기분이 좋아진 것 같았어. 그래서 우리는 좋은 친구가 됐지.

그가 말했다. 가장 고약한 건, 죽은 아이를 안고 있는 엄마들이었어. 그들은 절대 죽은 아이를 포기하지 않았어. 심지어는 죽은 아이를 엿새 동안이나 안고 있는 엄마도 있었어. 절대 포기 안 하더군. 포기시킬 방법이 없었어. 그래서 결국은 강제로 아이를 빼앗아야만 했지. 그중 노파가 한 사람 있었는데, 정말 이상한 일이 벌어졌어. 의사에게 그 여자 얘길 했더니 내가 거짓말을 한다고 하더군. 우리는 여자들을 부두에서 몰아내고 있었어. 죽은 아이들을 치워야 했으니까. 그런데 그 나이 든 여자가 잡동사니 위에 누워 있었어. 수병들이 "와서 이 여자 좀 봐주십시오" 해서 그쪽으로 갔는데 바로 그 순간, 노파가 죽어

뻣뻣해지는 거야. 허리 아래로 다리가 오그라들더니, 완전히 경직돼버렸어. 마치 어젯밤에 죽은 시체처럼. 정말이야. 그 노파는 죽는 순간 곧바로 뻣뻣해졌어. 군의관에게 그렇게 말했더니 불가능한 일이라고 하더군.

우리 병사들은 모두 부두에 집합해 있었는데, 아무도 그 터키인이 누군지 전혀 몰랐기 때문에 무슨 지진이나 난 것처럼 소란스럽지는 않았어. 그들은 그 나이 든 터키인이 무슨 짓을 하려는지 전혀 몰랐지. 사령부에서 우리한테 이곳에 진입하면 더 이상 다른 곳으로 이동하지 말라고 명령했던 날, 기억해? 그 날 아침 우리 부대가 진입할 때 바람이 불어왔지. 터키군은 포대를 이용해 우리 모두를 해변가에서 날려버릴 수도 있었어. 우리는 부두를 따라 진입하다가 앞뒤 닻을 내린 다음 마을의 터키군 구역을 폭격할 예정이었고. 그들이 바다에서 우리를 날려버릴 수도 있고, 우리도 마을을 초토화할 수 있었던 상황이었지. 우리가 진입하자, 그들은 공포탄 몇 발만 쐈어. 그러고는 케말*이 찾아와서 그 터키 장교를 사령관 자리에서 직위 해제했지. 직권 남용인가 뭔가 하는 죄명으로. 그는 자기 주제를 파악하지 못하고 있었거든. 자칫 잘못했으면 사태는 엉망진창이 될 수도 있었어.

그 항구 기억하지? 그때가 내가 꿈을 꿨던 유일한 시기였어.

*메흐메드 나미크 케말(1840~1888). 후에 터키 공화국의 초대 대통령이 된 정치가로, 1차 세계대전에도 참전했다.

죽은 아이를 안고 있는 여자들보다는 아이를 낳고 있는 여자들
이 더 나았지. 아이들은 잘도 태어났어. 놀랍게도 별로 죽지 않
더라고. 그냥 무언가로 덮어주기만 하면 됐어. 아이들은 언제
나 가장 어두운 구석에서 태어났고, 부두를 벗어나기만 하면
아무도 그들을 신경 쓰지 않았어.

그리스인들은 좋은 사람들이었지. 철수할 때 그들은 물건을
실었던 짐승들을 데려갈 수가 없어서 앞다리를 꺾은 다음 옅은
물에 빠뜨렸어. 그래서 앞다리가 부러진 노새들이 물에 빠져
떠다니고 있었지. 그건 정말 유쾌한 일이었어. 그래, 정말 유쾌
한 일이었지.

모두가 취해 있었다. 어둠 속에서 행군하고 있는 포병 중대 모두가 취해 있었다. 우리는 샹파뉴로 가는 중이었다. 중위는 말을 타고 들판을 가면서 자기 말에게 말했다. "이봐, 노친네. 난 취했어. 완전히 취했다고." 우리는 어둠 속에서 밤새 행군했다. 부관이 내 간이 취사장으로 오더니 말했다. "불을 꺼. 위험하다고. 적들에게 발각될 거야." 전선에서 30마일이나 떨어진 곳에 있었는데도, 부관은 취사장 불을 걱정했다. 그렇게 행군하는 것은 정말 재미있었다. 그때 나는 취사 담당 상병이었다.

인디언 캠프

호숫가에 두 대의 나룻배가 정박했다. 인디언 둘이 서서 기다리고 있었다.

닉과 닉의 아버지가 한 배의 선미에 앉자 인디언들이 그 배를 물로 떠밀더니, 나이 든 인디언이 올라타 노를 젓기 시작했다. 조지 삼촌이 나머지 나룻배의 선미에 앉자, 젊은 인디언이 노를 젓기 시작했다.

두 나룻배는 어둠 속에서 출발했다. 닉은 안개 속에서 저만큼 앞서 가는 나룻배의 노 소리를 들을 수 있었다. 인디언들은 절도 있고 재빠르게 노를 저었고, 닉은 아버지의 팔을 베고 누워 있었다. 호수는 추웠다. 나이 든 인디언은 열심히 노를 저었지만, 조지 삼촌을 태운 나룻배가 여전히 앞서 가고 있었다.

"지금 어디 가는 거예요, 아빠?" 닉이 물었다.

"인디언 캠프에 가는 거야. 인디언 여자 하나가 많이 아프대."

"그렇구나." 닉이 말했다.

조지 삼촌을 태운 나룻배가 호수 건너편에 먼저 정박했다. 조지 삼촌은 어둠 속에서 시가를 피웠고, 젊은 인디언은 배를 호숫가로 끌어올렸다. 잠시 후 조지 삼촌은 두 인디언에게 시가를 주었다.

그들은 랜턴을 든 젊은 인디언을 따라 호숫가를 떠나 이슬이 맺힌 목초지로 들어갔다. 그런 다음, 숲 속으로 들어가 산속으로 이어지는 벌목용 길을 따라 걸었다. 길 양쪽에 서 있던 나무들이 베어져서 벌목용 길은 훨씬 환했다. 걷는 도중 젊은 인디언이 랜턴 불을 입으로 불어 껐다.

굽어진 길로 접어들자, 개 한 마리가 나와서 짖었다. 앞쪽에는 나무껍질을 벗겨서 생계를 이어가는 인디언들의 불 켜진 오두막이 보였다. 더 많은 개들이 달려 나왔다. 두 인디언은 개들을 오두막으로 돌려보냈다. 도로에서 가장 가까운 오두막에도 불이 밝혀져 있었다. 노파 하나가 그 집 문간에서 램프를 들고 기다리고 있었다.

그 오두막 안에 있는 나무 간이침대에 젊은 인디언 여자가 누워 있었다. 이틀 동안이나 산고에 시달린 상태였다. 인디언 캠프의 모든 나이 든 여자들이 그녀를 도우려고 애를 쓰고 있었고, 남자들은 산모의 비명 소리가 들리지 않는 곳에서 담배를 피우며 기다리고 있었다. 닉과 두 인디언이 아버지와 조지 삼촌을 따라 오두막으로 들어섰을 때도, 산모는 비명을 지르고 있었다. 그녀는 커다란 간이침대 아래층에 누비이불을 덮고 있었다. 고개는 한쪽으로 돌린 채였다. 간이침대 위층에는 그녀의 남편이 누워 있었다. 그는 3일 전에 일하다가 도끼에 발을 심하게 찍힌 상태였고, 파이프 담배를 피우고 있었다. 방에서는 고약한 냄새가 났다.

닉의 아버지는 물을 끓이라고 지시했고, 물이 끓기를 기다리며 닉에게 말했다.

"이 여자는 아이를 낳으려고 한단다, 닉."

"알아요." 닉이 대답했다.

"아냐, 넌 몰라." 아버지가 말했다. "잘 들어. 저 여자가 지금 겪고 있는 건 산고라는 거야. 아이는 태어나려고 하고 엄마도 그걸 원해. 엄마의 모든 근육이 아이를 밖으로 내보내려 하고 있지. 저 여자가 소리 지를 때, 바로 그런 일이 일어나는 거란다."

"그렇구나." 닉이 대답했다.

바로 그때, 여자가 또 비명을 질렀다.

"아빠, 저 여자가 소리 지르지 않게 약을 주면 안 돼요?"

"진통제는 안 가져왔어." 아버지가 말했다. "하지만 비명은 중요하지 않아. 그래서 난 듣지 않는단다."

침대 위층에 누워 있던 남편이 벽을 향해 돌아누웠다. 부엌에 있던 여자가 의사에게 물이 끓었다고 손짓했다. 닉의 아버지는 부엌으로 가서, 끓는 주전자 물을 절반쯤 대야에 부었다. 그러고는 손수건에 싸 온 물건들을 주전자의 남은 물에 집어넣었다.

"끓여서 소독해야 하거든." 아버지는 그렇게 말하며, 자신이 가져온 비누로 대야의 뜨거운 물에 손을 씻었다. 아버지는 조심스럽고 철저하게 손을 씻더니 말했다.

"닉, 아이는 머리부터 나와야 하는데, 어떤 아이들은 그러지 못한단다. 그러면 엄청 힘이 들지. 그래서 이 여자를 수술해야 할지도 몰라. 이제 곧 알게 되겠지."

손이 깨끗해지자, 아버지는 들어가서 작업을 시작했다.

"조지, 누비이불 좀 걷어줘." 아버지가 말했다. "난 안 만지는 게 좋을 것 같아."

잠시 후 아버지가 수술을 시작하자, 조지 삼촌과 세 명의 인디언들이 여자를 못 움직이게 붙잡았다.

여자가 조지 삼촌을 깨물자, 삼촌은 "이 인디언 여편네가!" 하고 투덜거렸다. 그러자 조지 삼촌을 태우고 온 젊은 인디언이 삼촌을 보며 웃었다. 닉은 아버지를 도와 대야를 들고 있었다. 수술은 오래 걸렸다.

드디어 아버지가 어린아이를 꺼내 들고는 숨을 쉬도록 찰싹 때린 다음, 나이 든 여자에게 건네주었다.

"자, 봐라. 아들이구나, 닉." 아버지가 말했다. "너도 의사가 되는 게 어떠냐?"

"좋아요." 닉이 대답했다. 닉은 아버지가 하는 일을 보지 않으려고 내내 고개를 돌리고 있었다.

"자, 이제 됐다." 아버지는 대야에 무언가를 담으면서 말했다.

닉은 여전히 바라보지 않았다.

"자." 아버지가 말했다. "이제 봉합할 시간이다. 넌 봐도 좋고 안 봐도 좋아. 절개한 부분을 봉합할 거야."

닉은 바라보지 않았다. 그의 호기심은 이미 오래전에 사라졌다.

아버지는 봉합을 마치고 일어섰다. 조지 삼촌과 세 인디언도 일어섰다. 닉은 대야를 부엌에 갖다 놓았다.

조지 삼촌이 자기 팔을 들여다보자, 젊은 인디언이 아까 일을 떠올리며 미소를 지었다.

"과산화수소수를 좀 발라줄게, 조지." 의사가 말했다.

아버지는 인디언 여자 위로 몸을 굽혀 그녀를 바라봤다. 그녀는 이제 조용해진 채 눈을 감고 있었다. 아주 창백했다. 아이가 어떻게 되었는지조차 모르고 있었다.

"아침에 다시 오겠소." 의사가 일어서면서 말했다. "세인트 이그너스에서 간호사가 올 거요. 정오까지는 올 텐데, 필요한 것들을 다 갖고 올 거요."

아버지는 기분이 좋아져서, 마치 시합을 끝내고 로커 룸으로 들어온 축구선수처럼 수다를 떨었다.

"이건 의학지에 실릴 만한 일이야, 조지." 아버지가 말했다.

"잭나이프로 제왕절개 수술을 하고, 9피트짜리 낚싯줄로 봉합을 했으니까."

조지 삼촌은 자기 팔을 내려다보며 벽을 향해 말했다. "그래, 형은 위대한 사람이지."

"남편을 좀 봐야겠다. 출산 때 가장 힘들어하는 사람이 남편이거든." 의사가 말했다. "남편이 아주 조용히 잘 견디더구나."

아버지가 인디언 남편의 머리에서 담요를 걷자, 손에 피가 묻어났다. 아버지는 램프를 들더니 간이침대 아래층에 발을 딛고 서서 들여다봤다. 인디언 남편은 벽을 향해 모로 누워 있었다. 목은 귀에서 귀까지 잘린 채였다. 그가 누운 자리에는 피가 흥건했고, 머리는 왼팔에 놓여 있었다. 담요에는 날이 펴진 면도칼이 놓여 있었다.

"닉을 데리고 나가, 조지." 의사가 말했다.

그럴 필요는 없었다. 부엌 문간에 서 있던 닉은 아버지가 인디언의 머리를 다시 붙이는 장면을 이미 똑똑히 본 후였다.

그들이 다시 호수를 향해 벌목용 길을 걸어 나올 때 막 해가 뜨기 시작했다.

"널 데려오지 말았어야 했는데. 미안하구나, 니키." 수술 후의 좋은 기분이 다 사라진 아버지가 말했다. "그런 장면을 보게 하다니."

"여자들은 언제나 그렇게 힘들게 애를 낳아요?" 닉이 물었다.

"아니야. 이건 아주 드문 경우란다."

"남편은 왜 자살했을까요, 아빠?"

"모르겠구나. 아마도 견디기 힘들었나보다."

"자살하는 남자들이 많아요?"

"많지는 않단다."

"여자들은요?"

"거의 없지."

"전혀 없나요?"

"그렇지는 않아. 가끔은 여자들도 자살을 하지."

"아빠."

"왜?"

"조지 삼촌은 어디 갔어요?"

"곧 나타나겠지."

"죽는 건 힘든가요, 아빠?"

"아니. 아주 쉬울 거야. 사람에 따라 다르겠지만."

그들은 배에 앉았다. 닉은 이물에 앉았고, 아버지는 노를 저었다. 언덕 위로 해가 떠오르고 있었고, 농어가 원을 그리며 호수 위로 뛰어올랐다. 닉은 물살에 손을 넣었다. 싸늘한 아침 기온 탓인지 물이 따뜻하게 느껴졌다.

이른 아침 호수에 떠 있는 배의 이물에 앉아 아버지가 노를 젓는 모습을 보며, 닉은 자신은 결코 죽지 않으리라 다짐했다.

회교 사원의 첨탑들이 진흙탕이 된 평지 너머 아드리아노플* 외곽에 비를 맞으며 서 있었다. 카라가치 길은 30마일에 걸쳐 수레들이 서로 뒤엉켜 있었다. 물소 떼와 소 떼가 진흙탕에 빠진 수레들을 끌고 있었다. 혼란은 시작도 끝도 없었다. 그저 그들의 모든 재산을 실은 수레뿐이었다. 흠뻑 젖은 노인들과 노파들이 가축을 몰고 걸어가고 있었다. 흙탕물이 된 마리차 강은 거의 다리 높이까지 차올랐다. 다리 위에선 수레들이 뒤엉켜 있었고, 그 사이로 낙타들이 빠져나가려 하고 있었으며, 그리스 기병대가 그들을 뒤따르고 있었다. 여자들과 아이들이 탄 수레들에는 매트리스와 거울과 재봉틀과 짐 꾸러미들이 실려 있었다. 울고 있는 어린 소녀가 담요로 가리고 있는 동안 아이를 낳고 있는 여자도 있었다. 그 광경을 바라보고 있노라니 무섭고도 역겨웠다. 후퇴하는 동안 내내 비가 내렸다.

*터키 서북쪽 끝 상업 도시 에디르네의 예전 이름.

의사와 의사의 아내

딕 볼턴은 닉의 아버지를 위해 통나무를 베려고 인디언 캠프에서 이곳으로 왔다. 자기 아들 에디와 또 다른 인디언 빌리 타베쇼를 데리고. 그들은 숲을 나와 뒷문을 통해 들어왔다. 에디가 들고 있는 톱이 그의 어깨에서 춤추며 음악 소리를 냈다. 빌리 타베쇼는 두 개의 커다란 갈고리 장대를, 딕은 팔 아래 세 개의 도끼를 끼워 들고 있었다.

딕은 돌아서서 뒷문을 닫았고, 다른 두 사람은 통나무들이 모래에 묻혀 있는 호숫가로 앞서 내려갔다.

그 통나무들은 증기선 매직호가 호수를 따라 제재소까지 실어 나르는 커다란 뗏목에서 유실된 것들이었다. 호숫가까지 떠내려온 그것들을 그대로 두면, 매직호 선원들이 나룻배를 타고 와서 가져갈 수도 있었다. 통나무 양쪽에 고리를 박아 호수로 끌고 가서 새로운 뗏목을 만들려고. 하지만 통나무 몇 개를 가져가려고 선원을 고용하면 돈이 더 들기 때문에, 선원들은 영영 오지 않을 수도 있었다. 아무도 안 나타나면 그것들은 호숫가에서 썩어갈 것이다.

닉의 아버지는 그 사실을 알고 있었기에, 인디언들을 고용해 떠내려온 통나무들을 잘라 벽난로용 땔감으로 사용했다. 딕 볼턴은 오두막을 돌아 호수로 향했다. 모래 속에는 네 개의 커다란 통나무가 묻혀 있었다. 에디가 톱을 들어 통나무의 벌어진 곳에 갖다 댔다. 딕은 세 개의 도끼를 호숫가에 내려놓았다. 딕은 혼혈이었지만, 호수 근처에 사는 농부들은 그가 백인이라고 믿었다. 그는 게을렀지만, 한번 일을 시작하면 아주 잘했다. 그는 주머니에서 담배를 꺼내 조금 잘라 씹으면서, 에디와 빌리 타베쇼에게 오지브웨이 인디언어로 말했다. 그들은 갈고리 장대의 한쪽 끝을 통나무에 박은 다음, 통나무가 모래에서 빠져나오도록 몸무게를 실어 장대를 흔들었다. 통나무가 모래 속에서 움직였다. 딕 볼턴은 닉의 아버지에게 말했다.

"의사 선생, 좋은 통나무를 많이 훔치는군요."

"그런 식으로 말하지 말게, 딕." 의사가 말했다. "이건 떠내려온 나무야."

에디와 빌리는 통나무를 흔들어서 빼낸 다음, 호수 쪽으로 굴렸다.

"물속에 집어넣어." 딕 볼턴이 말했다.

"왜 그러는 건가?" 의사가 물었다.

"씻어내려는 거요. 톱을 보호하려면 모래를 씻어내야 해요. 주인이 누구인지도 봐야겠고." 딕이 말했다. 그들은 통나무를 호수 물로 씻었다. 그런 다음 에디와 빌리 타베쇼는 태양 아래에서 땀을 흘리며 갈고리 장대에 기대앉았다. 딕은 무릎을 꿇더니, 통나무 끝에 망치로 새겨진 마크를 들여다보았다.

"화이트앤드맥널리 회사 거군." 일어서서 바지에 묻은 모래를 털며 딕이 말했다.

의사는 아주 심기가 불편했다.

"그러면 톱질하지 말게나, 딕." 의사가 짧게 말했다.

"화내지 마쇼, 의사 선생." 딕이 말했다. "화내지 말아요. 난 선생이 누구 걸 훔치는지 관심 없으니까. 내가 상관할 일이 아니잖소."

"내가 그 통나무들을 훔친다고 생각하면, 그대로 놔두고 연장을 챙겨서 돌아가게." 의사가 얼굴을 붉히며 말했다.

"이거 왜 중간에 그만두려고 하쇼, 의사 선생." 딕이 말했다. 그는 통나무에 씹던 담뱃진을 뱉었다. 그것은 바닥으로 흘러내려 물속에서 희석되었다. "우린 둘 다 이게 훔친 물건이라는 걸 알고 있잖소. 하지만 난 상관없다, 이 말이오."

"훔친 거라고 생각한다면, 당장 연장을 챙겨 여길 떠나란 말이네."

"이거 봐요, 의사 선생……."

"당장 꺼져."

"이거 보슈, 의사 선생."

"한 번만 더 나를 의사 선생이라고 부르면, 앞니를 부러뜨려 목구멍에 쳐넣어주겠어."

"그렇게는 못할걸. 의사 선생."

딕 볼턴은 의사를 노려보았다. 딕은 덩치가 컸고, 자기가 크다는 사실을 잘 알고 있었다. 또 싸움도 좋아해서, 신이 나 있었다. 에디와 빌리는 갈고리 장대에 기대앉아 의사를 바라봤다. 의사는 아랫입술 위로 난 턱수염을 잘근잘근 씹으며 딕 볼턴을 노려보더니, 몸을 돌려 오두막으로 돌아갔다. 그의 뒷모습으로 보아 얼마나 화가 났는지 알 수 있었다. 그들은 의사가 언덕을 올라가 오두막으로 들어가는 것을 지켜봤다.

딕이 오지브웨이 말로 뭐라고 하자 에디는 웃었지만, 빌리 타베쇼는 아주 심각한 표정이었다. 그는 영어를 알아듣지 못했지만, 말다툼이 일어나는 동안 내내 땀을 흘렸었다. 그는 뚱뚱했으며, 중국인처럼 몇 가닥 없는 콧수염을 기르고 있었다. 그는 두 개의 갈고리 장대를 집어 들었다. 딕은 도끼를 집어 들었고, 에디는 나무에 기대놓았던 톱을 들었다. 그들은 오두막을 지나 뒷문을 통과해 다시 숲 속으로 들어갔다. 딕이 열어놓은 뒷문을, 빌리 타베쇼가 다시 오더니 꼭 닫았다. 그러더니 그들은 숲 속으로 사라졌다.

오두막에서는 의사가 자기 방 침대에 앉아, 서랍장 옆 마루에 놓인 의학 잡지들을 바라보고 있었다. 아내가 우편으로 온 그것들을 아직도 개봉하지 않은 것에 짜증이 났다.

"다시 일하러 가지 않을 거예요?" 블라인드를 내린 방에 누워 있던 아내가 물었다.

"안 가!"

"무슨 문제라도 있었어요?"

"딕 볼턴하고 싸웠어."

"헨리, 화는 안 냈겠죠?"

"안 냈어." 의사가 말했다.

"성경 말씀을 잊지 마요. 제 마음을 다스리는 자는 성을 탈취하는 것보다 낫다.*" 아내가 말했다. 그녀는 크리스천 사이언스 교도**였다. 어두운 그녀의 방 침대 옆 탁자에는 성경과 《과학과 건강》, 그리고 교회 잡지가 놓여 있었다.

남편은 대답하지 않고, 침대에 앉아 산탄총을 손질했다. 무겁고 노란 실탄이 가득 찬 탄창을 밀었다가 다시 잡아당겼다. 총탄들이 침대 위로 흩어졌다.

"헨리." 아내가 불렀다. 그러고는 잠시 후 다시 불렀다. "헨리!"

"왜 그래." 의사가 대답했다.

---

*〈잠언〉 16장 32절.
**19세기 M. B. 에디 부인이 창시한 미국의 종교 단체. 예수의 치료 행위를 현실에 적용할 수 있다고 보았으며, 성경과 1879년 출간된 부인의 저서 《과학과 건강》을 교본으로 삼았다.

"볼턴을 화나게 할 말은 하지 않았겠죠?"

"안 했어." 의사가 말했다.

"무슨 문제예요, 여보?"

"별거 아니야."

"말해줘요, 헨리. 숨기지 말고. 무슨 일이에요?"

"딕은 나한테 아내의 폐렴 치료비를 많이 빚졌어. 내가 노임에서 그걸 제할까봐 시비를 거는 거야."

아내는 침묵했다. 의사는 총을 헝겊으로 조심스럽게 닦고는 탄창에 다시 총알을 장전했다. 그러고는 총을 무릎에 올려놓은 채 앉아 있었다. 그는 그 총을 아주 좋아했다. 그때 아내의 목소리가 어두운 방에서 들려왔다.

"여보, 난 사람들이 그런 짓을 한다고는 생각하지 않아요."

의사는 일어서서 산탄총을 서랍장 옆에 세워놓았다.

"당신, 외출할 거예요?" 그의 아내가 말했다.

"산보나 할까 해." 의사가 말했다.

"닉을 보면, 엄마가 찾는다고 말해줄래요?" 아내가 말했다. 의사는 현관으로 나갔다. 그의 등 뒤로 방충문이 세게 쾅 닫히자, 아내의 놀란 숨소리가 들렸다.

"미안해." 그가 블라인드로 가려진 아내 방의 창 바깥에서 말했다.

"괜찮아요." 아내가 말했다.

그는 뜨거운 햇볕 속에서 숲으로 들어갔다. 더운 날씨인데도 숲 속은 시원했다. 나무에 등을 대고 앉아 책을 읽고 있는 닉의 모습이 보였다.

"엄마가 너를 좀 보자는구나." 의사가 말했다.

"난 아빠하고 갈래요." 닉이 말했다.

아버지는 아들을 내려다보았다.

"좋아, 그럼 이리 와." 아버지가 말했다. "그 책 이리 다오. 내 주머니에 넣을게."

"검정 다람쥐들이 있는 곳을 알아요, 아빠." 닉이 말했다.

"좋아." 아버지가 말했다. "그리로 가자꾸나."

우리는 몽스*에 있는 정원에 있었다. 젊은 버클리가 순찰대를 데리고 강을 건너 우리와 합류해 있었다. 병원 담 위로 첫 번째 독일군 병사가 기어 올라오는 것이 보였다. 우리는 그가 담 위로 다리를 올려놓을 때까지 기다렸다가 그를 쏘았다. 수많은 장비들을 몸에 부착하고 있던 그는, 엄청 놀란 표정을 짓더니 담 아래 정원으로 떨어졌다. 그러자 세 명의 독일군이 또 담으로 올라왔다. 우리는 그들을 쏘았다. 그들은 모두 그런 식으로 다가왔다.

*프랑스 국경에 인접한 벨기에의 도시로 1차 세계대전 접전지로 유명하다.

무언가의 종말

오래전, 호턴스베이는 제재소 마을이었다. 그곳 사람은 누구나 호수 옆 제재소에서 나는 대형 톱 소리를 듣고 살았다. 어느 해에 더 이상 목재를 만들 통나무가 없어졌다. 그러자 마지막 목재를 나르는 배들이 호숫가로 와서 제재소 마당에 쌓여 있던 목재를 선적했다. 목재는 모두 실려 나갔다. 제재소 일꾼이 제재소의 모든 이동식 기계들을 빼내서 목재 운반선 중 하나에 실었다. 배는 두 개의 거대한 톱, 통나무가 회전하지 않도록 붙잡아주는 이동식 캐리지, 원형 톱, 롤러들, 바퀴들, 벨트들, 목재 위에 쌓인 쇠들을 싣고 멀리 호수를 향해 떠났다. 배는 천막으로 짐을 덮고 돛을 활짝 편 채, 넓게 펼쳐진 호수로 나아갔다. 제재소를 제재소로 만들어주는 모든 것을 싣고, 호턴스베이를 마을로 만들어준 모든 것을 싣고.

단층짜리 일꾼 합숙소, 식당, 구내 상점, 제재소 사무실 그리고 커다란 재제소만이 호숫가 목초지를 수 에이커나 뒤덮은 톱밥 위에 황량하게 서 있었다.

그로부터 10년 후, 닉과 마저리가 호수를 노 저어 지나갈 때, 제재소는 형체도 없이 사라져 있었다. 늪의 갈대 사이로 보이는, 한때는 주춧돌이었던 깨진 하얀 석회암 외에는. 그들은 모래가 깔린 얕은 물이 갑자기 12피트 깊이의 시커먼 물로 바뀌는 곳을 노 저어 지나가고 있었다. 무지개 송어를 잡기 위해 야간 낚시에 적당한 곳을 찾고 있었던 것이다.

"저기 제재소 터가 있어, 닉." 마저리가 말했다. 닉은 계속 노를 저으며 녹색 나무들 사이로 하얀 주춧돌을 바라봤다.

"그렇군." 닉이 대답했다.

"제재소가 있었을 때 생각나?" 마저리가 물었다.

"그럼." 닉이 말했다.

"지금은 성터처럼 보이네." 마저리가 말했다.

닉은 아무 말이 없었다. 계속 노를 젓자 더 이상 제재소 터는 보이지 않았다. 닉은 다시 노를 저어 만(灣)을 가로질렀다.

"오늘은 송어가 안 무는데." 닉이 말했다.

"그러게." 마저리가 말했다. 이동할 때나 말할 때나 마저리는 계속 낚싯대를 주시하고 있었다. 그녀는 낚시를 좋아했고, 특히 닉과 함께하는 낚시를 좋아했다.

보트 바로 옆에서 갑자기 커다란 송어 한 마리가 수면 위로 뛰어올랐다. 닉이 한쪽 노를 세게 잡아당기자 보트가 한 바퀴 돌더니, 저만치 뒤에서 밑밥을 먹고 있는 송어 쪽으로 미끼를 날려 보냈다.

송어의 등이 수면에 떠오르자 송사리들이 거칠게 뛰어오르더니 마치 물에 발사된 총알처럼 수면을 흩뜨렸다. 또 한 마리의 송어가 수면에 떠올라 보트의 다른 쪽에서 밑밥을 먹고 있었다.

"먹고 있어." 마저리가 말했다.

"하지만 물지는 않았어." 닉이 말했다.

닉은 노를 저어 밑밥을 먹고 있는 송어들을 지나 곶으로 향했다. 마저리는 보트가 호숫가에 닿을 때까지도 낚싯줄을 감지 않았다.

그들은 보트를 해변으로 끌어올렸고, 닉은 살아 있는 피라미가 든 통을 집어 들었다. 피라미들은 통 속의 물에서 꿈틀거렸다. 닉은 세 마리를 잡아서 머리를 떼어내고 껍질을 벗겼다. 마저리도 통에 손을 넣어 이리저리 휘젓더니 겨우 한 마리를 잡아 머리를 떼고 껍질을 벗겼다. 닉은 그녀가 잡은 피라미를 바라보더니 말했다.

"배지느러미는 떼면 안 돼. 미끼로 쓸 때도 그게 있는 게 더 좋아."

그는 피라미의 꼬리에 낚싯바늘을 꿰었다. 각 낚싯대에 두 개의 낚싯바늘이 달렸다. 그런 다음, 마저리는 낚싯줄을 입에

문 채 닉을 바라보며 보트를 저어 둑에서 멀어져갔다. 닉은 호숫가에 서서 낚싯대를 잡고 릴에서 줄을 풀고 있었다.

"그 정도면 됐어." 닉이 소리 질렀다.

"이제 줄을 놓을까?" 마저리가 줄을 잡은 채 소리 질렀다.

"그래, 이제 줄을 놔." 마저리는 줄을 놓고 미끼가 물속으로 들어가는 것을 지켜봤다.

그녀는 다시 보트를 타고 돌아와서 같은 방식으로 두 번째 낚싯줄을 늘어뜨렸다. 그녀가 낚싯줄을 늘어뜨릴 때마다, 닉은 낚시대를 단단히 고정시키기 위해 무거운 유목을 조그만 판자와 비스듬하게 괴어놓았다. 그러고는 미끼가 호수 바닥에 닿도록 팽팽하게 낚싯줄을 감은 다음, 찰칵 소리가 나도록 장치를 닫았다. 이제 송어가 호수 바닥에서 미끼를 먹다가 낚싯바늘에 걸려 줄을 잡아당기게 되면, 릴이 찰칵 소리를 낼 것이다.

마저리는 낚싯줄을 건드리지 않게 조심하며 곶에서 약간 더 위로 노를 저어 나갔다. 그러고는 노를 세게 잡아당겨 보트를 호숫가로 올렸다. 그러자 작은 물결이 일었다. 마저리가 보트에서 나오자, 닉은 보트를 뭍으로 끌어올렸다.

"왜 그래, 닉?" 마저리가 물었다.

"나도 모르겠어." 닉이 불을 피울 장작을 모으며 말했다.

그들은 장작으로 불을 지폈다. 마저리는 보트로 가서 담요를 가져왔다. 저녁의 미풍이 연기를 곶 쪽으로 날려 보냈다. 마저리는 담요를 불과 호수 사이에 깔고는, 불을 등지고 앉아 닉을 기다렸다. 잠시 후 닉이 마저리 옆에 와서 앉았다. 그들 뒤에는 재생림이 있었고, 앞에는 호턴스크리크의 입구와 만이 있었다. 아직 완전히 어두워진 것은 아니었다. 불빛은 호수 끝까지 비쳐 어두운 수면 위로 뻗어 있는 두 개의 낚싯줄이 보였다. 릴 위로도 불빛이 비쳤다.

마저리는 저녁식사를 담은 바구니를 풀었다.

"난 배 안 고파." 닉이 말했다.

"그러지 말고 좀 먹어."

"알았어."

그들은 말없이 두 개의 낚싯줄과 수면에 비친 불빛을 바라봤다.

"오늘은 달이 뜰 것 같네." 닉이 말했다. 그는 만을 지나서 하늘을 향해 뾰쪽하게 솟아오른 산봉우리들을 바라봤다. 산봉우리 너머로 달이 뜨고 있었다.

"이럴 줄 알았어." 마저리가 기뻐서 말했다.

"넌 늘 모르는 게 없지." 닉이 말했다.

"닉, 제발 그만해! 제발, 제발 그러지 좀 마!"

"나도 어쩔 수가 없어." 닉이 말했다. "넌 모르는 게 없잖아. 바로 그게 문제야. 너도 알잖아."

마저리는 아무 말도 하지 않았다.

"난 네게 모든 걸 가르쳐줬어. 너도 알잖아. 도대체 네가 모르는 게 뭘까."

"시끄러워." 마저리가 말했다. "달이 뜨고 있어."

그들은 서로에게서 떨어진 채 달을 바라봤다.

"바보 같은 소리 좀 하지 마." 마저리가 말했다. "진짜 뭐 때문에 이러는 건데?"

"나도 몰라."

"알잖아."

"아냐, 모르겠어."

"그러지 말고 말해봐."

닉은 산봉우리 위로 떠오르는 달을 바라보며 말했다.

"더 이상 즐겁지 않아."

닉은 마저리를 보는 게 두려웠지만, 그녀를 바라봤다. 돌아앉아 있는 그녀의 등을 바라봤다. "이젠 재미가 없어. 하나도 재미가 없어."

그녀는 아무 말도 하지 않았다. 닉은 계속했다. "내 안에서 모든 것이 엉망이 돼버린 것 같아. 나도 왜 이러는지 모르겠어, 마지. 뭐라고 해야 할지 모르겠어."

그는 계속 그녀의 등을 바라봤다.

"사랑도 재미없다는 거야?"

"그래." 닉이 말했다. 마저리는 일어났다. 닉은 머리를 감싸 쥐고 그냥 앉아 있었다.

"보트는 내가 타고 갈게." 마저리가 말했다. "너는 곶을 돌아서 가."

"알았어." 닉이 말했다. "보트를 밀어줄게."

"그럴 필요 없어." 그녀가 말했다. 그녀는 달빛을 받으며 물 위에 떠 있는 보트에 탔다.

닉은 돌아와 불 옆 담요에 머리를 묻고 누웠다. 마저리가 노를 젓는 소리가 들렸다.

그는 오랫동안 그렇게 누워 있었다. 잠시 후 빌이 숲 속 공터를 헤매는 소리가 들렸다. 빌이 모닥불로 다가오는 소리를 듣고도 가만있었다. 빌도 그를 건드리지 않았다.

"마저리는 잘 간 거야?" 빌이 말했다.

"그래." 담요에 얼굴을 묻은 채 닉이 말했다.

"싸운 거야?"

"아니, 싸우지는 않았어."

"기분이 어때?"

"아, 나 좀 내버려둬, 빌. 잠시 혼자 있게 해줘."

빌은 도시락 바구니에서 샌드위치를 꺼내 챙기고는, 낚싯대를 보러 갔다.

무섭게 더운 날이었다. 우리는 다리에 완벽한 바리케이드를 설치했다. 그건 정말 훌륭한 바리케이드였다. 어느 집에서 가져온 크고 낡고 삐걱거리는 쇠창살 문이었는데, 무거워서 들어 올릴 수도 없을 정도였다. 우리는 그 사이로 총을 쏘았고, 적들은 그 위로 기어올라야만 했다. 그건 최상의 작품이었다. 그들은 그 위로 올라오려 했고, 우리는 40야드 거리에서 그들을 쏘았다. 적들이 몰려왔고, 적군 장교들이 쇠창살 문을 제거하기 시작했다. 그건 정말 완벽한 장애물이었지만, 장교들의 솜씨는 훌륭했다. 쇠창살 측면이 제거되는 소리를 듣고 우리는 사격을 중지했다. 철수해야만 했다.

사흘간의 폭풍

닉이 과수원으로 향하는 길로 접어들었을 때 비는 그쳐 있었다. 이미 추수가 끝나서 벌거벗은 과일 나무들 사이로 바람이 지나가고 있었다. 닉은 잠시 멈춰 서서, 갈색이 된 풀밭에 떨어져 있는 비를 맞아 윤이 나는 와그너 사과 하나를 주웠다. 그는 사과를 매키노 코트 주머니에 집어넣었다.

과수원에서 뻗어 나온 길은 언덕 위로 향하고 있었다. 거기 오두막이 하나 있었는데, 현관은 텅 비었고 굴뚝에서는 연기가 피어올랐다. 차고와 닭장과 재생림이 오두막 뒤를 울타리처럼 둘러싸고 있었다. 바람에 큰 나무가 마구 흔들렸다. 가을 폭풍의 시작이었다.

닉이 과수원을 지나 나무가 없는 공터를 가로지르자, 오두막 문이 열리며 빌이 나오더니 현관에 서서 아래를 내려다봤다.

"웨미지구나." 그가 말했다.

"어이, 빌." 닉은 대답하면서 과수원 너머 멀리 길 건너에 있는 저지대와 숲, 호수까지 한눈에 바라봤다. 바람은 호수 아래로 불고 있었다. 10마일 길이의 곶을 따라 물결이 일고 있는 것도 보였다.

"폭풍이 오고 있어." 닉이 말했다.

"사흘 동안 불 거야." 빌이 말했다.

"네 아버지도 계셔?"

"아니, 총 갖고 나가셨어. 들어와."

닉은 오두막 안으로 들어갔다. 벽난로에는 큰 불이 넘실대고 있었다. 바람 때문에 불꽃이 으르렁거렸다. 빌이 문을 닫았다.

"한잔할래?" 빌이 말했다.

그러더니 부엌으로 가서 유리잔 두 개와 물 주전자를 들고 왔다. 닉은 벽난로 위의 선반에서 위스키 병을 내렸다.

"이거 마셔도 돼?" 닉이 물었다.

"물론이지." 빌이 대답했다.

그들은 벽난로 앞에 앉아서 아이리시 위스키에 물을 타서 마셨다.

"연기 맛이 나." 닉이 말하며, 술병을 통해 불을 바라봤다.

"이탄(泥炭) 때문이야." 빌이 말했다.

"술에 이탄을 넣을 수는 없어." 닉이 말했다.

"그래도 그것 때문이야." 빌이 말했다.

"이탄을 본 적 있어?" 닉이 물었다.

"아니." 빌이 말했다.

"나도 못 봤어." 닉이 말했다.

벽난로 앞으로 뻗은 닉의 젖은 구두에서 김이 오르기 시작했다.

"구두 벗는 게 좋겠다." 빌이 말했다.

"양말을 안 신었는데."

"벗어서 말리고 있어. 양말 갖다줄게." 빌이 말했다. 빌이 2층으로 올라가자 천장에서 발소리가 들렸다. 지붕 밑 2층은, 때때로 빌과 빌의 아버지 그리고 닉이 자는 공간이었다. 뒤쪽에는 탈의실도 있었는데, 비가 오면 거기 간이침대를 들여놓고 고무 담요로 덮어놓곤 했다.

빌이 두터운 모직 양말을 들고 돌아와서 말했다.

"양말을 안 신기에는 날씨가 너무 추워."

"다시 신기 싫은데." 닉은 그렇게 말하면서도 양말을 신고 의자에 기대 누워, 발을 벽난로 앞 스크린에 갖다 댔다.

"스크린 찌그러질라." 빌이 그렇게 말하자, 닉은 발을 들어 벽난로 옆으로 치웠다.

"읽을 것 좀 없냐?"

"신문밖에 없어."

"카디널스 팀은 어땠어?"

"자이언츠 팀과 더블 헤더*를 치렀지."

"식은 죽 먹기였겠군."

"거저나 다름없었지." 빌이 말했다. "맥그로가 좋은 선수들을 사 오는 한 아무 문제 없을 거야."

"다 사 올 수는 없어." 닉이 말했다.

"그가 원하는 만큼은 사 올 수 있을걸." 빌이 말했다. "선수들을 불만족스럽게 해서 트레이드시킬 수도 있고."

"헤이니 짐처럼 말이지." 닉이 동의했다.

"그 얼간이는 맥그로에게 많은 도움이 됐지."

빌이 일어섰다.

"그 녀석은 좋은 타자야." 닉이 말했다. "발에 불이 붙은 것같이 뛰지."

"좋은 외야수이기도 해." 빌이 말했다. "하지만 시합에 나가면 못 이기는 때가 많아."

"그래서 맥그로가 그 녀석을 원하는 건지도 몰라." 닉이 말했다.

"그럴지도 모르지." 빌이 대답했다.

"우리가 모르는 것도 많으니까." 닉이 말했다.

"물론이지. 하지만 우리는 멀리 떨어져 있어도 내부 소식을 잘 알잖아."

"말을 보지 않고 고르면 훨씬 더 잘 고르는 거랑 같은 이치지."

---

*같은 팀끼리 하루에 두 번 경기를 치르는 것을 말한다.

"바로 그거야."

빌은 손을 내밀어 위스키 병을 잡았다. 손이 커서 위스키 병이 완전히 감싸졌다. 빌은 닉이 내미는 유리잔에 술을 따라주었다.

"물은 얼마나 넣을래?"

"아까하고 같이."

빌은 닉의 의자 옆 마루에 앉았다.

"가을 폭풍이 오면 좋더라, 안 그래?" 닉이 말했다.

"정말 그래."

"1년 중 가장 좋은 때지." 닉이 말했다.

"이런 때 마을에 있으면 지옥이겠지?" 빌이 말했다.

"난 월드 시리즈를 보고 싶은데." 닉이 말했다.

"요즘엔 늘 뉴욕이나 필라델피아에서만 해." 빌이 말했다. "우리에겐 별 도움이 안 되지."

"카디널스 팀이 우승기를 받을 가능성이 있나 몰라."

"우리 생전에는 어려울걸." 빌이 말했다.

"젠장, 미칠 노릇이군." 닉이 말했다.

"열차 사고 나기 전에 한 번 우승 직전까지 간 것 기억나?"

"아, 참, 그랬지!" 닉이 그 사실을 떠올리며 말했다.

빌은 책상 너머 창문 아래 놓여 있는, 표지가 바닥에 깔린 책을 집어 들었다. 좀 전에 문으로 갈 때 거기 놓아둔 책이었다. 그는 한 손에는 책을, 다른 손에는 술잔을 들고 닉이 앉은 의자에 기댔다.

"무슨 책이야?"

"리처드 페버렐."*

"난 그 책 못 읽겠더라."

"괜찮은 책이야." 빌이 말했다. "형편없진 않아, 웨미지."

"네 책 중에 내가 안 읽은 게 뭐가 있지?" 닉이 물었다.

"《숲을 사랑하는 사람들》 읽었어?"

"읽었어. 밤마다 칼을 사이에 두고 자는 사람들 얘기였지."

"그거 좋은 책이야, 웨미지."

"그래, 좋지. 하지만 그 칼이 무슨 소용이 있어? 칼날을 세워 놓아야지, 눕혀 놓으면 그 위로 쉽게 굴러갈 수 있잖아."

"그건 그냥 상징일 뿐이야." 빌이 말했다.

"물론 그렇겠지." 닉이 말했다. "하지만 실용적이지 못해."

"《불굴의 의지》는 읽었어?"

"그건 좋은 책이지. 진짜 좋았어. 아버지가 늘 뒤쫓아 오는 얘기였지. 월폴**이 쓴 다른 책도 있어?"

"《어두운 숲》." 빌이 대답했다. "러시아에 관한 얘기야."

"월폴이 어떻게 러시아에 대해 알아?" 닉이 물었다.

"그야 모르지. 아마 어렸을 때 러시아에서 살았겠지. 러시아에 대해 많이 알고 있더라고."

"한번 만나보면 좋겠어." 닉이 말했다.

*조지 메러디스의 작품 《리처드 페버렐의 시련》을 가리킨다.
**휴 시모어 월폴(1884~1941). 영국의 소설가.

"난 체스터턴*을 만나고 싶어." 빌이 말했다.

"그가 여기 있으면 좋을 텐데." 닉이 말했다. "그러면 그를 '부아 투모로' 낚시터에 데리고 갈 텐데."

"낚시를 좋아할지 모르겠다." 빌이 말했다.

"좋아할 거야." 닉이 말했다. "최고의 낚시꾼 중 하나일 거야. 〈나는 여관〉 기억나?"

"만일 하늘의 천사가
  마실 것을 준다면
  호의에 감사한 후
  싱크대에 버려라."

"맞아." 닉이 말했다. "그가 월폴보다 더 나은 것 같아."

"물론 사람은 더 낫지." 빌이 말했다. "하지만 작가로선 월폴이 더 나아."

"글쎄, 난 잘 모르겠어." 닉이 말했다. "체스터턴은 이미 고전 반열에 올랐잖아."

"월폴도 고전이 됐어." 빌이 고집을 부렸다.

"둘 다 여기 오면 좋겠어." 닉이 말했다. "둘 다 부아 투모로 낚시터에 데려가게."

*G. K. 체스터턴(1874~1936). 영국의 시인, 소설가, 평론가.

"술이나 마시자." 빌이 말했다.

"좋아." 닉이 동의했다.

"아버지는 상관 안 하실 거야." 빌이 말했다.

"확실해?" 닉이 물었다.

"확실해." 빌이 말했다.

"난 벌써 조금 취했어." 닉이 말했다.

"안 취했어." 빌이 말했다.

빌이 마루에서 일어나 위스키 병을 잡았다. 닉은 잔을 내밀었다. 빌이 술을 붓는 동안 닉은 술잔을 바라봤다.

빌은 잔의 절반쯤까지 위스키를 따랐다.

"물은 네가 알아서 넣어. 이제 한 잔밖에 안 남았어." 빌이 말했다.

"술 더 없어?" 닉이 물었다.

"많이 있기는 하지만, 아버지는 내가 개봉된 것만 마시기를 원하셔."

"그렇군."

"아버지는, 술병을 따면 술꾼이 된다고 생각하셔." 빌이 설명했다.

"그건 맞는 말이네." 닉은 감동했다. 지금까지 그런 생각은 해보지 않았다. 언제나 혼자 마시는 것이 술꾼을 만든다고 생각했기 때문이다.

"아버님은 어떻게 지내시니?" 닉이 존경을 담아 물었다.

"괜찮으셔." 빌이 말했다. "때로는 거칠게 행동하시지만."

"멋진 분이야." 닉이 그렇게 말하며 주전자 물을 술잔에 따랐다. 물은 천천히 위스키와 섞였다. 물보다는 위스키가 좀 더 많았다.

"정말 좋은 분이지." 빌이 말했다.

"우리 아버지도 좋은 분이야." 닉이 말했다.

"맞아." 빌이 말했다.

"평생 한 번도 술을 입에 대지 않으셨대." 닉이 마치 과학적 사실을 말하는 것처럼 선언했다.

"네 아버지는 의사잖아. 우리 아버지는 페인트공이고. 그게 다른 점이지."

"아버지는 많은 것을 놓치며 살고 계셔." 닉이 우울하게 말했다.

"그건 알 수 없어." 빌이 말했다. "모든 것에는 나름 보상이 있는 법이야."

"아버지 스스로도 자기가 많은 것을 놓치고 살고 있다고 해." 닉이 고백했다.

"아버지라는 게 원래 쉬운 자리가 아니잖아." 빌이 말했다.

"세상에 쉬운 일은 없지." 닉이 말했다.

그들은 벽난로 불을 바라보며, 그 심오한 진실에 대해 생각했다.

"뒤뜰에 가서 장작을 가져올게." 닉이 말했다. 불이 꺼져가고 있었고, 술 마시는 속도도 조절하고 싶었다. 평생 술을 입에 대지 않으셨던 아버지의 아들 닉은, 빌보다 먼저 취하고 싶지 않았다.

"커다란 자작나무 장작을 가져와." 빌이 말했다. 빌 역시 술에 취하지 않으려고 조심하고 있었다.

닉은 장작을 들고 부엌문으로 들어오다가 프라이팬을 떨어뜨렸다. 장작을 내려놓고 팬을 집어 들었다. 팬에는 물에 담긴, 말린 도토리가 들어 있었다. 닉은 마루에 떨어졌거나 스토브 밑으로 들어간 도토리를 모두 주워 조심스럽게 다시 팬에 담았다. 그러고는 탁자 위에 있는 양동이에서 물을 떠 팬에 따라놓았다. 그는 술에 취하지 않은 자신이 자랑스러웠다.

닉이 장작을 갖고 돌아오자, 빌이 의자에서 일어나 장작을 불 위에 올리는 것을 도와주었다.

"좋은 장작이네." 닉이 말했다.

"날씨가 나쁠 때를 대비해 해놓은 거야." 빌이 말했다. "이런 장작이라면 밤새 잘 탈 거야."

"아침에 지필 석탄도 남아 있지?"

"응." 빌이 대답했다.

그들은 술에 취한 채 대화를 나누었다.

"한 잔 더 하자." 닉이 말했다.

"로커에 마개를 딴 술이 또 있을 거야." 빌이 말했다.

빌은 구석에 있는 로커 앞에 무릎을 꿇고 앉아서 사각형의 술병을 꺼내며 말했다. "스카치야."

"물을 좀 더 가져올게." 닉은 그렇게 말하며 다시 부엌으로 가서 양동이에 담긴 차디찬 우물물을 주전자에 따랐다. 거실로 돌아오다가 식당 방에 걸린 거울에 자기 모습을 비추어 보았다. 얼굴이 이상하게 보였다. 거울 속의 자기에게 미소를 짓자, 그도 미소로 반응했다. 닉은 자신의 이미지에게 윙크하고 자리를 떴다. 그건 자신의 평소 얼굴이 아니었지만, 아무래도 상관없었다.

빌은 닉에게 술을 따라주었다.

"엄청 많이 주는데." 닉이 말했다.

"우리를 위한 게 아냐, 웨미지." 빌이 말했다.

"그럼 뭘 위해 마시는데?" 닉이 술잔을 쥐며 물었다.

"낚시를 위해 건배하자." 빌이 말했다.

"좋아. 낚시를 위하여."

"낚시를 위하여!" 빌이 따라했다. "모든 낚시터를 위하여."

"낚시, 낚시를 위해 건배!"

"낚시가 야구보다 낫지." 빌이 말했다.

"그럼, 비교가 안 되지." 닉이 말했다. "어쩌다가 야구 이야기를 하게 된 거지?"

"실수로 그렇게 된 거야. 야구는 촌놈들의 여흥이지." 빌이 말했다.

그들은 술잔에 남아 있는 술을 다 비웠다.

"이제 체스터턴을 위해 건배하자."

"월폴을 위해서도." 닉이 맞장구쳤다.

닉이 술을 따랐고, 빌은 물을 부었다. 그들은 서로를 바라보았고, 기분이 좋아졌다.

"체스터턴과 월폴을 위해 건배!"

"체스터턴과 월폴을 위해!" 닉도 외쳤다.

그들은 술을 마셨다. 빌은 다시 술을 따랐다. 그들은 불 앞의 큰 의자에 앉아 있었다.

"아주 현명했어, 웨미지." 빌이 말했다.

"무슨 뜻이야?" 닉이 물었다.

"마지하고 끝낸 거 말야."

"그런 것 같아."

"다른 방법은 없었어. 안 그랬다면, 넌 지금쯤 집에 가서 결혼 자금을 마련하느라 애먹고 있을 거야."

닉은 침묵했다.

"일단 결혼하면 남자 인생은 끝나는 거야." 빌이 계속했다. "더 이상 아무것도 없게 되는 거지. 아무것도, 빌어먹을 아무것도 남는 게 없어. 끝장이지. 결혼한 녀석들 꼴을 봤잖아."

닉은 아무 말이 없었다.

"결혼하면." 빌이 말했다. "뚱뚱해지는 것 봤지? 끝장나는 거야."

"그래." 닉이 말했다.

"관계를 끝장내는 게 좋은 일은 아니지." 빌이 말했다. "하지만 또 다른 여자를 좋아하게 될 거야. 그건 문제 될 게 없어. 여자를 좋아하되, 네 인생을 망치지는 마."

"그래." 닉이 대답했다.

"결혼하면 여자 가족과도 한 가족이 되는 거야. 장인, 장모를 생각해봐."

닉이 고개를 끄덕였다.

"그들이 언제나 근처에 있고, 일요일 저녁이면 그들 집에 가서 저녁을 먹고, 거기서 장모가 마지에게 이것 해라 저것 해라 잔소리하는 걸 상상해봐."

닉은 조용히 앉아 있었다.

"빠져나온 게 백번 잘한 거야." 빌이 말했다. "마지는 자기 부류와 결혼해서 행복하게 정착할 거야. 물과 기름은 절대 섞일 수 없어. 내가 아이다와 결혼해도 똑같은 처지가 되겠지. 그녀는 내가 그렇게 되는 걸 좋아하겠지만."

닉은 아무 말이 없었다. 술기운이 사라지자 닉은 다시 혼자가 된 기분이었다. 옆에 있는 빌의 존재도 느껴지지 않았다. 내일이면 닉은 이 불 앞에 앉아 있지도 않을 거고, 빌이나 빌의 아버지와 함께 낚시를 가지도 않을 것이다. 술이 깨자, 모든 것이 다 사라졌음이 느껴졌다. 한때 마저리를 사랑했고, 이제 그녀를 잃어버렸다는 사실만이 남아 있었다. 그녀는 가버렸다. 자신이 보내버린 것이다. 중요한 건 그것이었다. 다시는 그녀를 보지 못할 것이다……. 아마도 영원히. 모든 것은 사라졌다. 끝장이 난 것이다.

"한 잔 더 하자." 닉이 말했다.

빌이 술을 따랐고, 닉이 물을 붓자 술잔이 찰랑거렸다.

"네가 그러지 않았다면, 우린 지금 여기 없을 거야." 빌이 말했다.

그건 사실이었다. 닉의 원래 계획은 집으로 가서 직장을 얻는 것이었다. 그리고 마지와 함께 샤를부아에 머무를 생각이었다. 그러나 이제는 뭘 해야 할지 알 수 없었다.

"내일 낚시도 못 가게 되었겠지." 빌이 말했다. "정말 잘한 거야."

"나도 어쩔 수가 없었어." 닉이 말했다.

"알아. 원래 그런 거야." 빌이 말했다.

"갑자기 모든 게 끝나버렸어." 닉이 말했다. "왜 그랬는지는 나도 몰라. 정말 어쩔 수가 없었어. 마치 사흘간의 폭풍이 나무에 매달린 잎들을 다 날려 보낸 것 같아."

"이젠 다 끝났어. 그게 중요해." 빌이 말했다.

"내 잘못이야." 닉이 말했다.

"누구 잘못인가는 중요하지 않아." 빌이 말했다.

"그렇겠지." 닉이 말했다.

중요한 것은 마저리가 가버렸고, 다시는 그녀를 만나지 못할 거란 사실이었다. 그는 마저리에게 어떻게 이탈리아에 갈 것이며, 그게 얼마나 재미있을지 말하곤 했다. 그런데 이제는 모든 것이 끝나버렸다. 닉의 내부에서 무언가가 빠져나가버렸다.

"끝났다는 게 중요해." 빌이 말했다. "내 말 들어, 웨미지. 너희가 사귈 때 사실 난 걱정을 많이 했어. 잘한 거야. 그 여자 엄마는 끔찍한 여자야. 너희가 약혼했다고 나팔을 불고 다녔어."

"우린 약혼하지 않아." 닉이 말했다.

"모두가 네가 약혼한 걸로 알고 있어."

"어쩔 수가 없었어." 닉이 말했다. "약혼할 수가 없었어."

"결혼하려는 거 아니었어?" 빌이 물었다.

"그러려고 했지. 하지만 약혼은 못 했어." 닉이 말했다.

"그게 뭐가 중요해?" 빌이 문책하듯 말했다.

"모르겠어. 하지만 중요해."

"무슨 소리." 빌이 말했다.

"좋아. 술이나 마시자." 닉이 말했다.

"좋아. 오늘 진짜로 취해보자."

"취한 다음 수영하러 가자."

닉은 잔을 비우고는 말했다.

"그녀에게는 미안하게 됐지만, 난들 어떡하겠어? 그녀의 엄마가 어떤지 알잖아."

"끔찍한 여자지!" 빌이 말했다.

"갑자기 모든 게 끝나버렸어. 이런 얘기는 하지 말걸 그랬어."

"네가 꺼낸 게 아냐." 빌이 말했다. "내가 시작한 거지. 그리고 나도 이제 할 말 다했으니 다시는 이 얘긴 하지 말자. 지금은 생각도 하기 싫겠지만, 또 얘길 꺼낼 것 같아 하는 말이야."

닉은 그럴 생각은 없었다. 불가피했던 결정으로 보였기 때문이다. 그렇게 생각하기로 했다. 그러자 좀 편해졌다.

"맞아, 언제나 그럴 위험은 있지."

그렇게 말하고 나니 기분이 많이 좋아졌다. 오늘은 목요일이었다.

"기회는 또 있을 거야." 닉이 말했다.

"하지만 넌 스스로를 지켜야 해." 빌이 말했다.

"그래, 그렇게 할 거야." 닉이 말했다.

닉은 기분이 좋아졌다. 아무것도 끝난 것은 없었다. 잃어버린 것도 없었다. 토요일에 마을로 돌아갈 것이다. 닉은 빌이 마저리 얘기를 꺼내기 전의 가벼운 마음 상태를 찾았다. 언제나 빠져나갈 길은 있는 법이다.

"총을 갖고 곶으로 가서 네 아버지를 찾아보자." 닉이 말했다.

"좋아."

빌은 벽의 총 받침대에서 두 자루의 총을 내렸다. 그런 다음 실탄 상자를 열었다. 닉은 매키노 코트를 입고 신발을 신었다. 신발은 마르면서 뻣뻣해졌다. 닉은 아직 술기운에 젖어 있었지만 정신은 말짱했다.

"기분이 어때?" 닉이 물었다.

"좋아. 적당히 취했어." 빌이 스웨터 단추를 잠그면서 말했다.

"취하기만 하면 무슨 소용이야."

"소용없지. 밖으로 나가야지."

그들은 문밖으로 나갔다. 바람이 세차게 불어왔다.

"이 정도 바람이면 새들이 풀 속에 숨었겠는데." 닉이 말했다.

그들은 과수원을 향해 걷기 시작했다.

"오늘 아침에 도요새를 봤어." 빌이 말했다.

"그걸 잡을까?" 닉이 말했다.

"바람이 이렇게 불면 총을 쏠 수가 없어." 빌이 말했다.

밖에 나오니, 마지 일은 더 이상 비극적으로 느껴지지 않았다. 심지어는 중요하게 느껴지지도 않았다. 바람은 모든 것을 그런 식으로 날려 보냈다.

"저기 큰 호수에서 불어오는 바람이야." 닉이 말했다.

바람 소리 사이로 산탄총 소리가 들렸다.

"우리 아빠야." 빌이 말했다. "늪에 계실 거야."

"그리로 가자." 닉이 말했다.

"저지대 목초지로 가서 사냥할 만한 걸 찾아보자." 빌이 말했다.

"좋아." 닉이 말했다.

이제 아무것도 중요하지 않았다. 바람이 그의 머릿속에서 잡념을 몰아내주었다. 토요일 밤에는 마을로 돌아갈 수 있을 것이다. 그 생각에 기분이 좋아졌다.

그들은 아침 6시 반에 병원 벽에 여섯 명의 장관들을 세워놓고 총살형을 집행했다. 마당에는 물이 고여 있었다. 마당의 포장도로 위에는 축축한 낙엽들이 널려 있었다. 비가 세차게 몰아쳤다. 병원 창문의 셔터들은 모두 못질로 닫혀 있었다. 장관 중의 한 명은 티푸스에 걸려 신음하고 있었다. 두 명의 병사가 그를 떠메고 아래층으로 내려와서 빗속에 내놓았다. 그들은 그를 벽에 세워놓으려 했지만, 그는 물웅덩이로 주저앉았다. 나머지 다섯 명은 조용히 벽에 기대섰다. 마침내 장교가 병사들에게 그 장관을 세워놓지 않아도 된다고 했다. 병사들이 사격을 시작했을 때, 그 병든 장관은 무릎에 고개를 박고 앉아 있었다.

권투선수

닉은 일어섰다. 몸은 괜찮았다. 그는 커브를 돌아 사라져가는 기차 승무원 칸의 불빛이 비치는 철길을 바라봤다. 철길 양쪽으로는 낙엽송의 늪지대가 있었다.

무릎이 아팠다. 바지는 찢어지고 피부는 벗겨져 있었다. 손은 찰과상을 입었고, 손톱 밑에는 모래와 석탄재가 끼어 있었다. 그는 철길 끝으로 가서 언덕을 내려가 물가에서 손을 씻었다. 찬물에 손을 조심스럽게 씻어서 손톱 밑의 때를 빼냈다. 그러고는 쪼그리고 앉아서 무릎을 씻었다.

그 빌어먹을 보조 차장 놈. 언젠가 그놈을 손봐줄 것이다. 다시 만나면 꼭 그럴 것이다.

"이리 와봐, 꼬마야." 그가 말했었다. "보여줄 게 있어."

그는 그만 속아 넘어갔다. 바보같이 속아 넘어가다니. 다시는 속지 않으리라.

"이리 와봐, 꼬마야. 보여줄 게 있다니까."

그런 다음 그자는 닉을 퍽 소리 나게 때렸고, 닉은 철길 옆으로 떨어져 무릎과 손을 다치게 된 것이다.

닉은 눈을 비볐다. 큰 혹이 솟아오르고 있었다. 눈에 멍이 든 게 분명했다. 벌써부터 아프기 시작했다. 개자식 같으니라고.

그는 손으로 눈에 난 혹을 만져보았다. 그저 멍이 좀 든 것뿐이었다. 기차표를 사지 않은 대가로는 약과였다. 그는 눈에 난 혹을 보고 싶었다. 물에 비친 모습으로는 잘 보이지 않았다. 사방은 너무 어두웠고, 그는 민가에서 멀리 떨어져 있었다. 그는 바지에 손을 닦고 일어서서 제방을 따라 올라가 철길로 갔다.

그는 철길을 따라 걸었다. 침목 사이에 모래와 자갈이 잘 깔려 있어서 걷기에 아주 편했다. 부드러운 자갈길이 늪지대를 관통해 뻗어 있는 셈이었다. 닉은 계속 걸었다. 사람이 사는 곳까지 가야 했다.

닉은 기차가 월턴 교차로에서 속도를 줄일 때 화물칸에 올라타 매달렸었다. 기차는 어두워질 때쯤 캘캐스카를 지났으니 지금 여기는 맨셀로나쯤일 것 같았다. 늪지대는 3, 4마일쯤 뻗어 있는 듯했다. 그는 계속 철길을 따라 침목 사이의 자갈길을 걸었다. 늪에서는 유령처럼 안개가 피어오르고 있었다. 눈이 아프고 배가 고팠다. 그는 그렇게 수 마일을 계속 걸어갔다. 여전히 철길 양쪽은 늪지대였다.

앞쪽에 다리가 보였다. 닉은 다리를 건넜다. 그의 장화가 쇠와 부딪치며 공허하게 울렸다. 침목 사이로 보이는 아래쪽 물은 검은색이었다. 닉이 느슨한 말뚝을 발로 차자 물로 떨어져 버렸다. 다리 저편에는 산들이 있었다. 철길 양쪽을 둘러싼 산들은 높고 어두웠다. 철길 위쪽으로 불빛이 보였다.

닉은 철길을 따라 불빛을 향해 조심스럽게 접근했다. 그 불빛은 철길 방벽 저 너머에 있었다. 방벽 사이로 터진 곳이 있어 그 사이로 들어갔다. 불빛이 빛나는 저 너머로 펼쳐진 들판은 숲 속까지 이어져 있었다. 닉은 조심스럽게 방벽 아래로 내려와서 숲으로 들어가 나무들 사이로 불을 향해 다가갔다. 나무 사이를 걸을 때마다 떨어진 자작나무 껍질이 밟혔다. 숲의 끝에서 불이 밝게 타오르고 있었다. 불 옆에는 한 남자가 앉아 있었다. 닉은 나무 뒤에 숨어서 그를 지켜보았다. 남자 혼자인 것 같았다. 그는 턱을 손으로 받친 채, 불을 바라보며 앉아 있었다. 닉은 걸어 나와 불 쪽으로 걸어갔다.

남자는 앉아서 불을 바라보고 있었다. 닉이 아주 가까이 다가가도 여전히 불만 바라보고 있었다.

"실례합니다!" 닉이 말했다.

남자가 고개를 들어 닉을 바라봤다.

"어쩌다가 그렇게 다쳤니?"

"보조 차장이 때렸어요."

"화물열차에서 뛰어내렸구나."

"예."

"나도 그 자식을 봤어." 남자가 말했다. "한 시간 반쯤 전에. 기차 위를 걸어 다니면서 자기 팔을 철썩철썩 치며 노래를 부르더구나."

"후레자식!"

"기분이 좋아 보였어. 너를 때려서 그랬나보다." 남자가 진지하게 말했다.

"그 자식 가만 안 둘 거예요."

"다음에 그 자식이 지나갈 때 돌을 던져버려." 남자가 충고했다.

"그럴 거예요."

"거친 녀석이네."

"아니에요." 닉이 대답했다.

"사내자식들이란 다 거친 법이지."

"거칠어야 살아남죠." 닉이 말했다.

"내 말이 바로 그 말이야."

남자는 닉을 바라보며 미소 지었다. 불빛에 그 남자의 일그러진 얼굴이 드러났다. 코는 내려앉았고, 눈은 찢어졌으며, 입술은 뒤틀려 있었다. 그 모든 것을 한꺼번에 알아보지는 못했지만, 그의 얼굴이 이상하게 변형되어 있는 것은 알 수 있었다. 마치 부서진 것을 접착제로 다시 붙여놓은 것 같았다. 마치 죽은 사람 같았다.

"왜, 내 얼굴이 마음에 안 드냐?" 남자가 물었다.

닉은 당황하며 대답했다. "아뇨. 마음에 들어요."

"이것도 좀 봐라!" 남자가 모자를 벗었다.

남자는 귀가 하나밖에 없었다. 뭉개진 남은 귀도 옆얼굴에 바짝 달라붙어 흔적만 남아 있었다.

"이런 거 본 적 있냐?"

"아뇨." 닉이 대답했다. 속이 조금 메슥거렸다.

"난 견뎌냈어." 남자가 말했다. "내가 견뎌내지 못했으리라 생각하니?"

"물론 견뎌내셨겠죠!"

"날 때린 놈들은 모두 병신이 됐어." 키 작은 남자가 말했다. "날 다치게 할 순 없었지."

남자는 닉을 바라보더니 다시 말했다. "앉아라. 뭘 좀 먹을래?"

"괜찮아요." 닉이 대답했다. "마을에 갈 거거든요."

"애드라고 불러."

"그럴게요."

"저기 말이다." 키 작은 남자가 말했다. "난 정상이 아니란다."

"왜요?"

"난 미쳤으니까."

남자는 모자를 썼다. 닉은 웃고 싶었다.

"아저씨는 정상이에요." 닉이 말했다.

"아냐. 난 미쳤어. 너 미쳐본 적 있나?"

"아뇨." 닉이 말했다. "어쩌다 그렇게 됐나요?"

"나도 몰라." 애드가 말했다. "미치면 자기가 왜 미쳤는지도 몰라. 너, 나 알지?"

"모르는데요."

"내가 애드 프랜시스란다."

"정말요?"

"못 믿겠냐?"

"믿어요."

닉은 그의 말이 사실임을 알 수 있었다.

"내가 어떻게 다른 선수들을 때려눕혔는지 알아?"

"몰라요." 닉이 말했다.

"난 심장이 천천히 뛰어. 1분에 40번밖에 뛰지 않지. 만져봐."

닉은 주저했다.

"자, 어서." 남자가 닉의 손을 잡더니 말했다. "네 손가락을 내 팔목에 올려놔봐."

작은 남자의 팔목은 두꺼웠고 근육이 뼈 위에까지 솟아 있었다. 닉은 손가락 아래로 느린 맥박을 느낄 수 있었다.

"시계 있냐?"

"없어요."

"나도 없어." 애드가 말했다. "시계가 없으면 잴 수가 없지."

닉은 남자의 팔목을 놓았다.

"다시 잡아봐. 네가 맥박을 세는 동안 내가 60초를 셀게." 애드 프랜시스가 말했다.

손가락으로 느린 맥박을 느끼며 닉은 맥박 수를 세기 시작했다. 작은 남자는 큰 소리로 천천히 60초를 셌다……. 하나, 둘, 셋, 넷, 다섯……

"육십." 애드가 셈을 마쳤다. "1분이 지났어. 내 맥박 수는 몇 개냐?"

"사십이요." 닉이 말했다.

"맞았어." 애드는 기뻐하며 말했다. "절대 빨라지는 법이 없지."

남자 한 명이 철길 방벽을 따라 불이 있는 공터 쪽으로 내려왔다.

"안녕, 벅스!" 애드가 말했다.

"안녕하세요!" 벅스가 대답했다. 흑인의 목소리였다. 걷는 폼도 흑인이었다. 흑인은 그들에게 등을 돌리고 불 쪽으로 몸을 숙인 채 서 있다가, 반듯이 허리를 세웠다.

"내 친구 벅스야." 애드가 말했다. "이 친구도 미쳤지."

"만나서 반가워요." 벅스가 말했다. "어디서 왔나요?"

"시카고에서요." 닉이 말했다.

"좋은 도시지요." 흑인이 말했다. "이름이 뭐죠?"

"애덤스요. 닉 애덤스."

"저 애는 미쳐본 적이 없대, 벅스." 애드가 말했다.

"앞으로 미치게 될 겁니다." 흑인이 말했다. 그는 불 옆에서 꾸러미를 풀고 있었다.

"식사는 언제 하는 거야, 벅스?" 전직 권투 챔피언이 물었다.

"금방요."

"배고프니, 닉?"

"엄청 고파요."

"이 말 들었어, 벅스?"

"저는 대부분의 말을 다 들어요."

"그 얘기가 아니잖아."

"알아요. 저 신사분이 하는 말 잘 들었어요."

흑인은 프라이팬에 햄 조각들을 올려놓았다. 팬이 뜨거워지자 기름이 튀었다. 벅스는 새까만 긴 다리를 굽힌 채 햄을 뒤집은 다음, 계란을 깨서 넣고 기름이 잘 둘러지게 팬을 이리저리 흔들었다.

"미스터 애덤스, 저 가방에서 빵을 꺼내서 좀 잘라주겠어요?" 벅스가 불에서 몸을 돌려 말했다.

"그러죠."

닉은 가방에 손을 뻗어 빵을 꺼냈다. 그러고는 여섯 조각으로 잘랐다.

애드가 그 모습을 지켜보다가 몸을 숙이며 말했다. "그 칼 이리 줘, 닉."

"안 돼요." 흑인이 말했다. "칼을 주지 마세요. 미스터 애덤스."

챔피언은 물러났다.

"빵을 건네주겠어요, 미스터 애덤스?" 벅스가 말했다. 닉은 빵을 건네주었다.

"빵을 햄 기름에 적실까요?" 흑인이 물었다.

"물론이죠!"

"나중에 하는 게 낫겠군요. 식사 마칠 때쯤요. 자, 여기요."

흑인이 햄 한 조각을 집어 빵 위에 올려놓은 다음, 그 위에 계란을 얹었다.

"이 위에 빵을 하나 더 올려 샌드위치를 만들어 미스터 프랜 시스에게 주세요."

애드는 샌드위치를 받아 먹기 시작했다.

"계란이 흘러내리지 않게 조심하세요." 흑인이 주의를 주었 다. "자, 이건 미스터 애덤스 겁니다. 나머지는 제가 먹고요."

닉은 샌드위치를 잘라 먹기 시작했다. 흑인은 그의 반대편 에 애드와 나란히 앉았다. 뜨거운 햄에그 맛은 훌륭했다.

"미스터 애덤스는 배가 고팠군요." 흑인이 말했다.

닉이 이름만 알고 있었던 전직 권투 챔피언은 말이 없었다. 흑인이 칼을 갖지 못하게 한 뒤로 입을 다물고 있었다.

"뜨거운 햄 기름에 적신 빵을 줄까요?" 벅스가 말했다.

"고마워요."

그러자 작은 백인이 닉을 바라봤다.

"미스터 아돌프 프랜시스도 좀 드시겠어요?" 벅스가 프라이 팬에 담긴 음식을 내밀었다.

애드는 대답이 없었다. 대신 닉을 노려보고 있었다.

"미스터 프랜시스?" 흑인이 부드러운 목소리로 불렀다.

애드는 여전히 아무 말도 없었다. 다만 닉을 바라볼 뿐이었다.

"미스터 프랜시스, 내 말 들리나요?" 흑인이 부드럽게 물었다.

애드는 계속해서 닉을 바라보고 있었다. 그는 모자를 푹 눌러쓰고 있었다.

닉은 초조해졌다.

"너 그런 건방진 태도는 어디서 배웠어? 도대체 네가 뭔데 그렇게 건방져? 버릇없는 후레자식 같으니. 네 마음대로 여기 와서 내 음식을 먹고, 내가 칼 좀 달라는데 건방을 부려?"

그는 닉을 노려보았다. 얼굴은 창백했고, 모자 아래의 눈은 거의 보이지 않았다.

"넌 건방진 놈이야. 도대체 누가 너더러 여기 오라고 했어?"

"아무도요."

"그래. 아무도 오라고 안 했어. 여기 있어도 된다고 한 사람도 없어. 그런데 넌 맘대로 여기 와서 내 얼굴에 시비를 걸고, 내 담배를 피우고, 내 술을 마시고, 건방지게 말하고 있어. 도대체 여기가 어딘 줄 알고 이러는 거야?"

닉은 아무 말도 하지 않고 일어섰다.

"잘 들어, 이 겁쟁이 시카고 놈아. 넌 이제 내 손에 죽게 될 거야. 알았어?"

닉은 물러섰다. 작은 사내는 천천히 닉에게 접근하며 풋스텝을 밟았다. 왼발이 앞으로 나오고, 오른발이 뒤따라오는 식으로.

"때려봐." 그는 머리를 움직였다. "어서 때려보라고."

"그러고 싶지 않아요."

"그런 식으로 빠져나가진 못해. 넌 맞아야 해, 알겠어? 어서 와서 붙어."

"그만둬요." 닉이 말했다.

"어쭈, 이 후레자식이!"

작은 남자가 닉의 발치를 내려다보자 흑인이 눈에 들어왔다. 남자가 모닥불을 떠날 때부터 뒤따라왔던 흑인이 남자의 머리 아랫부분을 곤봉으로 툭 쳤다. 남자가 쓰러지자 흑인은 천으로 싼 곤봉을 풀밭에 떨어뜨렸다. 작은 남자는 얼굴을 풀밭으로 향한 채 누워 있었다. 흑인이 고개를 달랑거리는 그를 들어 올려, 모닥불 쪽으로 데려갔다. 남자는 눈을 뜨고 있었지만 안색이 안 좋았다. 벅스가 그를 부드럽게 내려놓았다.

"미스터 애덤스, 양동이의 물 좀 갖다주세요." 흑인이 말했다. "내가 좀 세게 친 것 같네요."

흑인은 손에 물을 적셔 남자의 얼굴에 뿌린 후, 그의 귀를 부드럽게 잡아당겼다. 남자의 눈이 감겼다.

벅스는 일어섰다.

"괜찮아질 거예요." 흑인이 말했다. "걱정할 거 하나도 없어요. 미안해요, 미스터 애덤스."

"괜찮아요." 닉은 작은 남자를 내려다보았다. 그러고는 풀밭에 떨어진 곤봉을 집어 들었다. 거기에는 손에 잘 잡히는 부드러운 손잡이가 달려 있었고, 낡고 검은 가죽으로 된 끝 부분엔 손수건이 묶여 있었다.

"고래 뼈로 만든 손잡이에요." 흑인이 미소 지었다. "요샌이런 물건 안 나옵니다. 당신이 저 사람에게서 빠져나올 수 없을 것 같아 끼어들었어요. 저 사람이 다치는 것도 싫었고요."

흑인이 다시 미소를 지었다.

"저 사람을 다치게 한 건 당신이에요."

"이렇게 할 수밖에 없어요. 저 사람은 깨어나면 아무것도 기억 못 할 거고요. 저 사람이 미칠 때면 이렇게 해야 해요."

닉은 아직도 불빛을 받으며 눈을 감고 누워 있는 작은 백인을 내려다보고 있었다. 벅스가 모닥불에 장작을 좀 더 집어넣었다.

"걱정하지 마세요, 미스터 애덤스. 전에도 수없이 이런 일이 있었답니다."

"저 사람은 왜 미친 거예요?" 닉이 물었다.

"여러 가지 일이 있었죠." 흑인이 불 옆에서 대답했다. "커피 한 잔 하겠어요, 미스터 애덤스?"

그는 닉에게 커피 잔을 건넨 후, 의식을 잃은 남자의 머리 밑에 받쳐놓은 코트를 반듯하게 매만졌다.

"우선 시합 때 머리를 너무 많이 맞았어요." 흑인이 커피를 홀짝이며 말했다. "물론 그건 단지 저 사람을 바보로 만들었을 뿐이죠. 신문에 저 사람과 저 사람의 누이인 매니저가 사랑에 빠졌다는 기사가 나면서부터 이상해졌어요. 그들은 뉴욕에서 결혼을 했는데, 그때부터 불쾌한 일이 많이 생겼지요."

"나도 기억나요."

"그럴 겁니다. 물론 그들은 정말로 남매 간은 아니었어요. 하지만 사람들은 어쨌든 그들이 결혼한 걸 싫어했어요. 그러다 가 그들은 다투게 됐고, 어느 날 여자가 집을 나가 다시는 돌아오지 않았어요."

그는 커피를 마시고는 분홍빛 손바닥으로 입술을 닦았다.

"그러자 그만 미쳐버린 거예요. 커피 좀 더 하겠어요, 미스터 애덤스?"

"고마워요."

"그 여자를 두 번 본 적이 있어요." 흑인이 말을 이었다. "정말 예뻤어요. 둘은 마치 쌍둥이처럼 닮았었죠. 저 사람도 얼굴이 저러지 않았을 때는 꽤나 미남이었어요."

그는 말을 멈추었다. 이야기는 다 끝난 것 같았다.

"어디서 저 사람을 만났어요?"

"감옥에서요." 흑인이 말했다. "그 여자가 떠난 후, 저 사람이 사람들을 마구 때려서 감옥에 갇혔죠. 나는 사람을 찔러서 감옥에 갔고요."

그는 미소를 짓고는 부드러운 목소리로 말했다.

"난 저 사람을 보자마자 좋아하게 됐고, 출소하자마자 찾아다녔죠. 저 사람은 내가 미쳤다고 생각하지만, 난 상관하지 않아요. 난 저 사람과 같이 있는 게 좋고, 이렇게 시골에서 지내는 것도 좋아요. 이젠 법을 어길 일도 없어서 신사처럼 살고 있어요."

"무슨 일을 하는데요?" 닉이 물었다.

"아무것도 안 해요. 그냥 여기저기 떠돌아다니죠. 저 사람에게 돈이 있으니까."

"돈을 많이 벌었나보죠?"

"그럼요. 하지만 다 써버렸답니다. 빼앗겼는지도 모르고요. 지금은 그 여자가 돈을 보내주고 있어요."

그는 불을 쑤시며 말했다. "정말 좋은 여자죠. 그와 쌍둥이처럼 닮았고요."

흑인은 누운 채로 가쁜 숨을 쉬고 있는 남자를 들여다보았다. 남자의 금발 머리칼이 이마를 덮고 있었다. 그러고 있으니, 그의 일그러진 얼굴도 천진난만하게 보였다.

"언제라도 저 사람을 깨어나게 할 수 있어요, 미스터 애덤스. 괜찮으시다면, 떠나시는 게 어떨까요? 매정하게 굴 생각은 없지만, 저 사람이 깨어나서 댁을 보면 또 어떻게 나올지 몰라서요. 머리를 또 때리기는 싫지만, 다시 발작이 시작되면 그래야 해요. 그래서 사람들을 못 만나게 한답니다. 무슨 말인지 아시겠죠, 미스터 애덤스? 아니요, 고마워할 건 없어요. 미리 경고를 하려 했지만, 저 사람이 댁을 좋아하는 것 같아 아무 일 없을 줄 알았어요. 2마일만 더 가면 멘셀로나라는 마을이 나와요. 안녕히 가세요. 자고 가라고 하고 싶지만, 그럴 수가 없네요. 햄하고 빵을 좀 갖고 가겠어요? 아니라고요? 샌드위치를 갖고 가는 게 좋을 텐데요." 흑인은 내내 낮고 부드럽고 공손한 말투로 말했다.

"좋습니다. 잘 가세요, 미스터 애덤스. 행운을 빕니다!"

닉은 모닥불을 떠나 공터를 가로질러 철길로 향했다. 불이 보이지 않는 곳에 이르자 그는 귀를 기울였다. 흑인이 낮고 부드러운 목소리로 말하고 있었다. 무슨 말인지는 알아들을 수 없었다. 잠시 후 작은 남자의 말소리가 들렸다. "머리가 엄청 아파, 벅스."

"괜찮아질 겁니다. 미스터 프랜시스." 흑인이 달랬다. "뜨거운 커피를 한 잔 하면요."

닉은 방벽을 올라가 철길을 따라 걷기 시작했다. 그러다 손에 햄 샌드위치가 들려 있는 걸 깨닫고 주머니에 집어넣었다. 철길이 굽어지는 오르막길에서 뒤를 돌아보자, 공터의 모닥불이 보였다.

닉은 교회 담벼락에 기대앉아 있었다. 사람들이 거리에서 쏟아지는 기관총 사격에서 그를 보호하려고 거기 데려다 놓은 것이었다. 그의 두 다리는 모두 비정상적으로 튀어나와 있었고, 척추에 총을 맞은 상태였다. 얼굴은 땀에 젖어 더러웠다. 햇빛이 그의 얼굴을 비추었다. 날씨는 매우 더웠다. 등판이 큰 리날디는 장비를 아무렇게나 버린 채, 땅에 얼굴을 대고 벽에 기대 누워 있었다. 닉은 정면을 응시했다. 반대편 집의 분홍색 벽은 지붕에서 떨어져 나와 있었고, 비틀린 침대 틀이 거리 밖으로 늘어져 있었다. 두 명의 오스트리아 병사 시신이 집 그늘의 깨진 기와 더미 속에 누워 있었다. 길 위편으로 다른 시신도 있었다. 마을에서는 전투가 벌어지고 있었다. 들것을 든 병사들이 언제라도 나타날 시간이 되자, 닉은 고개를 돌려 리날디를 바라봤다. "센타*, 리날디, 센타. 너랑 나는 제각각 평화를 찾은 거야." 리날디는 어렵게 숨을 쉬며 햇빛 속에 누워 있었다. "우리는 애국자가 아니야." 닉은 억지로 웃으며 고개를 돌렸다. 리날디는 듣지 않고 있었다.

*'괜찮아', '걱정 마'라는 의미의 스페인어.

아주 짧은 이야기

어느 더운 저녁 파도바*에서, 사람들이 그를 지붕 위로 올려다 줘서 그는 마을을 내려다볼 수 있었다. 하늘에는 칼새들이 날고 있었다. 잠시 후 어두워지자, 탐조등들이 빛을 밝히기 시작했다. 다른 사람들은 술병을 갖고 아래로 내려갔다. 그와 루즈는 발코니 아래에서 들려오는 그들의 소리를 들었다. 루즈는 침대에 앉아 있었고, 더운 밤인데도 그녀의 몸은 서늘하고 신선했다.

　루즈는 석 달 동안 야간 근무를 했다. 다들 그녀의 야간 근무를 좋아했다. 그가 수술을 받을 때, 수술대에 그를 눕힌 것이 그녀였다. 사람들은 수술 준비를 하면서 적과 관장기**에 대한

*이탈리아 북동부의 도시.
**철자의 유사함을 이용한 말장난. 영어에서 적은 enemy이고 관장기는 enema이다.

농담을 했다. 마취되는 동안, 그는 깨어날 때 정신을 바짝 차려 실없는 소리를 하지 말자고 결심했다. 수술 후 목발을 사용하게 되었을 때, 그는 루즈가 자다가 깨지 않도록 혼자서 체온을 재곤 했다. 환자가 얼마 안 되어서 모두가 그녀와 그의 관계를 잘 알고 있었고, 모두가 루즈를 좋아했다. 그는 복도를 따라 돌아오면서, 자신의 침대에 루즈가 누워 있는 걸 상상하곤 했다.

다시 전선으로 복귀하기 전에, 그는 그녀와 함께 교회로 들어가 기도를 했다. 그곳은 어둡고 조용했으며, 다른 사람들도 기도를 하고 있었다. 그들은 결혼식을 올리고 싶었지만 결혼 예고를 할 시간도 없었고, 둘 다 출생증명서도 없었다. 그들은 결혼한 거나 다름없다고 생각했지만, 모든 사람들에게 둘 사이를 알려 서로의 관계를 더욱 확고하게 하고 싶었다.

루즈는 전선으로 떠난 그에게 많은 편지를 보냈지만, 그 편지들은 휴전이 되고서야 배달되었다. 그는 한꺼번에 도착한 열다섯 통의 편지를 날짜별로 읽었다. 편지에는 모두 병원 얘기가 담겨 있었고, 그를 얼마나 사랑하는지, 그 없이 살기가 얼마나 힘든지, 밤에 그를 그리워하는 게 얼마나 괴로운지를 말하고 있었다.

그들은 휴전 후에 그가 고향으로 돌아가 직장을 가지면 결혼하기로 했다. 루즈는 내심, 그가 좋은 직업을 얻고 그녀를 만나러 뉴욕으로 올 수 있을 때까지는 귀국하지 않을 작정이었다. 그는 미국으로 돌아가면 술도 마시지 않고, 친구나 다른 누구도 만나지 않고, 오로지 직장을 갖고 결혼하는 것에만 신경 쓰겠다고 했다. 파도바에서 밀라노로 가는 기차에서, 그는 그녀가 당장 귀국할 의향이 없다는 것을 알고 그녀와 다퉜다. 밀라노에서 헤어질 때, 그들은 작별 키스를 했지만 싸움이 끝난 것은 아니었다. 그는 그런 식으로 작별 인사를 하는 것이 싫었다.

그는 제노바에서 배를 타고 미국으로 돌아갔다. 루즈는 병원을 열기 위해 포르데노네로 돌아갔다. 외롭고 비가 많이 오는, 부대가 주둔하고 있는 마을로. 겨울이면 더 비가 많이 오고 우중충해지는 그곳에서, 그녀는 이탈리아 소령과 사랑을 나누었다. 이전까지 그녀는 이탈리아인을 전혀 몰랐었다. 그녀는 미국에 있는 그에게 편지를 썼다. 우리 둘의 사랑은 아이들 불장난이었다고, 미안하다고, 당신은 이해할 수 없을 테지만 언젠가는 나를 용서하고 결국 고마워할 거라고, 그리고 자신은 봄에 결혼할 거라고 썼다. 당신을 사랑했지만 이제 와 생각하니 아이들 불장난이었으며, 당신은 꼭 성공할 것이며, 이게 최선이라고 그녀는 썼다.

소령은 봄이 와도, 그 후 어느 계절에도 그녀와 결혼하지 않았다. 루즈는 시카고에 보낸 편지에 대한 답장을 한 통도 받지 못했다. 얼마 후, 그는 링컨 공원을 통과하는 택시 안에서 백화점 판매사원으로부터 임질을 얻었다.

폭격이 포살타*의 참호를 산산조각 내고 있을 때, 그는 땅에 바짝 엎드려 땀을 흘리며 기도했다. 오, 주여. 저를 여기서 살아 나가게 해주세요. 주여, 제발 여기서 나가게 해주세요. 그리스도여, 제발, 제발, 제발. 살려만 주신다면 무슨 일이든지 하겠습니다. 주님을 믿사옵고, 세상 모든 사람들에게 주님이 얼마나 중요한 존재인지 알리겠습니다. 제발, 제발 주여. 폭격이 위쪽으로 옮겨 가자 우리는 참호를 수리했다. 아침이 되어 해가 뜨자, 덥고 습했지만 기분은 상쾌하고 평화로웠다. 다음 날 저녁 메스트레로 돌아온 그는, 빌라 로사 2층으로 데려간 여자에게 예수에 대해서는 한마디도 하지 않았다. 그리고 다른 사람에게도 하지 않았다.

*이탈리아 베네치아에 있는 마을. 1차 세계대전 격전지로 헤밍웨이가 부상을 입은 곳이기도 하다.

병사의 집

크렙스는 캔자스 주 감리교 대학에 다니다가 전장에 나갔다. 그에게는 똑같은 모양과 높이의 칼라를 단 대학 서클 친구들과 찍은 사진이 있었다. 그는 1917년 해병대에 입대했고, 1919년 여름에야 라인 강에서 귀국한 제2사단 소속이었다.

라인 강에서 두 명의 독일 여자와 동료 상병과 함께 찍은 사진도 있었다. 크렙스와 상병의 군복은 작아 보였고, 독일 여자들은 예쁘지 않았다. 사진 속에 라인 강의 모습은 보이지 않았다.

크렙스가 오클라호마의 집으로 돌아왔을 때, 전쟁 영웅 환영회는 이미 끝나 있었다. 너무 늦게 돌아온 것이었다. 그보다 먼저 징집됐다가 살아 돌아온 청년들은 모두 열렬한, 거의 열광적인 환영을 받았지만, 그런 흥분은 다 가라앉은 상태였다.

사람들은 전쟁이 끝난 지 1년이 넘어 돌아온 크렙스를 이상하게 생각했다.

벨로 우드, 수아송, 상파뉴, 생미엘, 아르곤 지역에 주둔했던 크렙스는 처음에는 전쟁에 대해 전혀 말하고 싶지 않았다. 나중에 말하고 싶어졌을 때는 아무도 듣고 싶어 하지 않았다. 마을 사람들은 잔혹한 이야기를 너무 많이 들은 후라서, 크렙스가 실제로 겪은 일에는 스릴을 느끼지 못했다. 그는 사람들이 듣게 하려면 거짓말을 해야 한다는 걸 깨달았고, 두 번 거짓말을 한 다음에는 전쟁과 거짓말에 염증을 느끼기 시작했다. 전쟁에서 겪었던 모든 일들이, 돌이켜 생각할 때마다 스스로 자랑스러웠던 모든 것들이, 자신이 한 거짓말 때문에 역겹게 느껴졌다. 남자라면 수월하고 자연스럽게 받아들여야 한다고 여기며 겪었던 모든 일들이, 이제는 가치 없게 느껴졌다.

그가 한 거짓말은 사소한 것들이었다. 다른 병사들이 보고 들은 것이나 전장에서 떠돌았던 소문들을 자신이 직접 겪은 양 포장한 것뿐이었다. 하지만 그런 거짓말도 당구장에서는 별것 아니라는 취급을 받았다. 지인들은 아르곤 숲에서 기관포에 사슬로 묶인 채 발견된 독일 여자에 대한 자세한 이야기를 듣고도, 그게 무얼 뜻하는지 이해하지 못하거나 애국심 때문에 관심을 기울이려 하지 않았다. 독일 기관총 사수들은 아무도 사슬에 묶여 있지 않았다고 해도, 흥분하지 않았다.

크렙스는 사람들이 원하는 대로 거짓을 말하거나 과장되게 굴었다가 구토증을 느끼기도 했다. 때때로 참전하고 돌아온 다른 병사와 댄스 파티장 탈의실에서 만나 몇 분 솔직하게 대화를 나누다보면, 옛 전우들 사이에 있는 것처럼 편하게 느껴졌다. 그는 사실 전쟁터에서 내내 심하게 겁이 났었고, 죽음이 두려웠었다. 그렇게 그는 모든 것을 잃어갔다.

여름 동안 그는 늦잠을 잤고, 일어나서는 도서관까지 걸어가 책을 빌린 후 집으로 돌아와 점심을 먹었다. 지루해질 때까지 현관에서 책을 읽다가, 가장 더운 시간이면 시내로 나가 서늘한 당구장에서 보내곤 했다. 그는 당구를 좋아했다.

저녁에는 클라리넷 연습을 하고, 시내를 거닐고, 책을 읽다가 잠자리에 들었다. 두 여동생에게 그는 아직 영웅이었다. 어머니는 그가 원하면 침대로 아침식사를 가져다주었는데, 그때마다 전쟁 이야기를 해달라고 했다. 그러나 그의 말을 집중해서 듣지는 않았다. 아버지는 아예 그에게 관심도 없었다.

전쟁에 나가기 전, 크렙스는 자기 집 차를 운전한 적이 없었다. 부동산 중개인인 아버지는 손님에게 농장을 보여줘야 할 때를 대비해, 2층에 자기 사무실이 있는 퍼스트내셔널 은행 건물 밖에 늘 차를 주차해놓았다. 전쟁이 끝난 지금도 아직 같은 차였다.

어린 소녀들이 성장했다는 것 말고는 마을은 변한 게 없었다. 그러나 그들은 자기들끼리의 동맹과 분쟁이 일어나는 복잡한 세상 안에 살고 있었고, 그는 그 안으로 뚫고 들어갈 용기도

의욕도 없었다. 그래도 그들을 바라보는 건 좋았다. 마을에는 예쁜 여자들이 많았다. 대부분은 단발머리였다. 그가 전장에 나가 있는 동안 어린 소녀들이나 행실이 나쁜 여자들이나 모두 단발로 자른 것이다. 또한 모두 둥근 더치 칼라가 달린 셔츠나 스웨터를 입고 있었다. 그게 유행이었다. 그는 현관에 앉아 그들이 길 건너편으로 지나가는 것을 지켜보았다. 나무 그늘 아래로 지나가는 그들을 보는 게 좋았다. 그들의 스웨터 위로 솟아 나온 둥근 칼라가 보기 좋았고, 실크 스타킹과 단화도 좋았다. 걸을 때마다 찰랑거리는 머리칼도 좋았다.

그러나 시내에 나가면, 여자들의 매력은 그에게 별 영향을 끼치지 못했다. 그리스 아이스크림 가게에 있는 그들을 봐도 호감이 생기지 않았다. 그는 정말이지 그들을 원하지 않았다. 그들에겐 너무 복잡한 무언가가 있었다. 막연하게 여자를 원하기는 했지만, 여자를 얻으려고 노력하고 싶지는 않았다. 여자를 가지고는 싶었으나 그러려고 많은 시간을 쓰고 싶지는 않았다. 그는 음모와 술책을 꾸미고 싶지 않았다. 어떤 구애도 하고 싶지 않았다. 더 이상 거짓말을 하고 싶지도 않았다. 그럴 가치가 없었다.

그는 그 어떤 결과도 원하지 않았다. 다시는 원하지 않을 것이었다. 그는 결과 없이 살고 싶었다. 게다가, 그에게 정말로 여자가 필요한 것도 아니었다. 군대가 그 사실을 가르쳐줬다. 병사들은 여자가 필요한 것처럼 굴기는 했다. 거의 모두가 그렇게 했다. 그러나 진심은 아니었다. 여자는 필요 없었다. 우습게도 그랬다. 어떤 녀석은 자기에게 여자는 아무런 의미도 없다고, 그래서 여자들을 건드리지 않고 여자들 역시 자기를 건드릴 수 없다고 허풍을 떨었다. 또 다른 녀석은 자기는 여자 없이 살 수 없다고, 언제나 여자가 있어야만 하고, 여자 없이는 잠을 잘 수 없다고 말했다.

그건 모두 거짓말이었다. 둘 다 거짓말이었다. 그저 여자에 대해 생각하지 않기만 하면, 여자는 필요 없어진다. 그는 그것을 군대에서 배웠다. 여자는 조만간 언제든지 가질 수 있다. 여자를 가질 만큼 성숙해지면 갖게 마련이니까. 그러니 그에 대해 더 생각할 필요는 없다. 조만간 오게 되어 있으니까. 군대에서 그걸 알게 되었다.

그에게 다가온 여자가 대화를 원하지만 않았더라면, 그도 여자를 사귈 수 있었을 것이다. 하지만 여기 고향에서는 모든 것이 너무 복잡했다. 그런 복잡한 경험은 결코 하고 싶지 않다. 그런 곤란을 감당할 만한 가치가 없었다. 프랑스 여자들과 독일 여자들은 말이 없었다. 말을 할 수도 없었고, 말을 할 필요도 없었다. 모든 것은 간단했고, 서로 친구가 되었다. 그는 프랑스를 생각하다가, 그다음 독일을 생각했다. 그는 독일이 더 좋았다. 독일을 떠나기가 싫었다. 고향에 돌아오고 싶지 않았다. 그럼에도 그는 고향으로 돌아와, 집 앞 현관에 앉아 있었다.

그는 길 건너편으로 걸어가는 여자들을 좋아했다. 그들은 프랑스 여자나 독일 여자보다 더 예뻤다. 하지만 그들의 세상은 그의 세상과는 달랐다. 그들 중 하나를 갖고 싶기도 했지만, 쓸데없는 생각이었다. 그들은 멋진 몸매를 가지고 있었고 그는 그게 좋았다. 그러나 그들과 말하기는 싫었다. 여자를 간절히 원하는 것도 아니었다. 다만 바라보기만을 원했다. 여자와 말을 하는 건 가치 없는 일이었다. 적어도 모든 게 다시 좋아지고 있는 지금은 때가 아니었다.

그는 현관에 앉아 전쟁을 다룬 역사책을 읽었다. 자신도 경험한 바 있는 전쟁에 대한 모든 것이 담겨 있는 책이었다. 지금까지 읽은 책 중 가장 재미있었지만, 지도가 많지 않은 것이 아쉬웠다. 역사적 사건들을 더 자세한 지도와 함께 읽고 싶었다. 이제야 그는 전쟁에 대해 제대로 배우고 있었다. 그는 좋은 병사였다. 그게 다른 사람과 다른 점이었다.

그가 집에 돌아온 지 한 달 후쯤, 어머니가 침실에 들어와 침대 옆에 앉았다. 그녀는 앞치마를 가지런히 펴고는 말했다.

"어젯밤 네 아버지와 얘기를 했단다, 해럴드." 어머니가 말했다. "저녁때 네가 차를 타고 나가도 된다고 하시는구나."

"그래요?" 아직 잠이 덜 깬 크렙스가 말했다. "차를 타고 나가도 된다고요?"

"그래. 진작부터 그런 생각을 하셨다고 어젯밤에 말씀하셨어."

"엄마가 설득하신 거겠죠." 크렙스가 말했다.

"아니야, 네 아버지 생각이야."

"어머니가 설득하신 거 다 알아요." 크렙스는 침대에서 일어나 앉았다.

"아침 먹으러 내려올래, 해럴드?" 어머니가 말했다.

"옷 입는 대로 내려갈게요." 크렙스가 말했다.

어머니는 방을 나갔고, 그가 씻고 면도를 하고 옷을 입는 동안 어머니가 아래층에서 무언가를 볶는 소리가 들려왔다. 아침을 먹고 있는데, 여동생이 우편물을 가져왔다.

"자, 받아. 잠꾸러기가 오늘은 웬일로 일찍 일어나셨어?"

크렙스는 그녀를 바라봤다. 그가 가장 아끼고 좋아하는 여동생이었다.

"신문은 없니?" 그가 물었다.

그녀가 〈캔자스시티 스타〉를 건네주자, 그는 신문을 싼 갈색 종이를 벗겨 스포츠 면을 펼쳤다. 그러고는 아침을 먹으면서 볼 수 있도록 펼친 면을 주전자와 시리얼 접시 사이에 놓았다.

"해럴드." 어머니가 부엌 문간에 서서 말했다. "신문 깨끗하게 봐. 더러우면 네 아빠가 못 보시잖니."

"걱정 마세요." 크렙스가 말했다.

여동생이 앉아서, 신문을 보고 있는 크렙스를 바라봤다.

"오늘 오후에 학교 체육관에서 시합이 있어." 그녀가 말했다. "내가 투수야."

"좋겠다." 크렙스가 말했다. "투수의 팔 상태는 어떠신가?"

"남자애들보다 더 많이 던질 수 있어. 오빠가 가르쳐줬다고 자랑했어. 다른 여자애들은 형편없어."

"그래?" 크렙스가 말했다.

"걔네들한테 오빠가 내 애인이라고 했어. 오빤 내 애인 맞지, 그치?"

"그럼."

"오빠라고 해서 애인이 못 된다는 법은 없잖아."

"글쎄다."

"무슨 말이야. 내가 더 크면 오빠 애인이 될 수도 있잖아?"

"넌 지금도 내 애인이야."

"진짜?"

"물론."

"나 사랑해?"

"응."

"언제까지나 사랑할 거야?"

"물론이지."

"그럼 학교에 와서 내 경기 볼 거야?"

"어쩌면."

"이런, 날 사랑하는 게 아니잖아. 사랑한다면 와서 봐야지."

어머니가 부엌에서 식당으로 들어왔다. 그녀는 계란 프라이 두 개와 바삭거리는 베이컨, 그리고 메밀 케이크 접시를 들고 왔다.

"넌 가봐라, 헬렌." 어머니가 말했다. "네 오빠하고 할 얘기가 있어."

어머니는 계란과 베이컨을 크렙스 앞에 놓고, 메밀 케이크에 바를 메이플 시럽 단지를 가져왔다. 그런 다음 식탁 맞은편에 앉았다.

"신문 좀 잠깐 내려놔, 해럴드." 그녀가 말했다.

크렙스는 신문을 접었다.

"앞으로 뭘 할지 아직 결정 안 했니, 해럴드?" 어머니가 안경을 벗으면서 말했다.

"아직요."

"이젠 결정할 때가 되지 않았니?" 심술궂은 말투가 아니라 걱정하는 말투였다.

"아직 생각 안 해봤어요."

"하느님은 누구에게나 할 일을 주신단다. 주님의 왕국에 게으른 자는 없어."

"전 주님의 왕국에 살고 있지 않아요."

"우리 모두는 주님의 왕국에 살고 있단다."

크렙스는 당황했고 언제나처럼 화가 났다.

"네 걱정을 많이 한단다, 해럴드." 어머니가 말을 이었다. "넌 세상의 유혹에 빠져 있어. 난 남자들이 얼마나 약한지도 잘 알고 있단다. 네 외할아버지가 남북전쟁 얘기를 해주셨거든.

그래서 늘 널 위해 기도한단다. 하루 종일 기도해, 해럴드."

크렙스는 접시의 베이컨 기름이 굳어가는 것을 바라봤다.

"네 아버지도 걱정하셔. 네가 야망을 잃어버렸다고, 목표를 상실했다고 생각하셔. 네 또래인 찰리 시먼스는 좋은 직장에 다니고, 곧 결혼한다더구나. 다른 애들도 모두 자리를 잡고, 인생의 목표가 있어. 찰리 시먼스 같은 애들이 마을의 명예가 되고 있어."

크렙스는 아무 말도 하지 않았다.

"그런 눈으로 보지 마, 해럴드." 어머니가 말했다. "다 널 사랑해서, 널 위해서 하는 말이야. 아버지는 널 구속하려는 게 아니야. 네가 차를 타고 나가서 멋진 여자 친구들을 태우고 돌아다니기를 원하셔. 네가 인생을 즐겼으면 해. 그러려면 우선 직업을 가져야지. 아버지는 네가 무슨 일을 하든 상관하지 않으실 거야. 직업에는 귀천이 없다고 하시더라. 일단 시작하는 게 중요해. 아버지가 오늘 아침에 꼭 너랑 대화를 하라고 하시고는, 별일 없으면 네가 사무실에 들르길 원하시더구나."

"그게 다예요?" 크렙스가 말했다.

"그래. 너, 엄마를 사랑하지 않는 거니?"

"사랑하지 않아요."

어머니는 식탁 건너편에서 그를 바라봤다. 그녀의 눈에 이슬이 맺히더니, 이윽고 울기 시작했다.

"난 아무도 사랑하지 않아요." 크렙스가 말했다.

도움이 안 되는 대답이었지만, 다르게 말할 수도 없었고 어머니를 이해시킬 수도 없었다. 하지만 어리석은 대답이었다. 어머니 마음만 상하게 했을 뿐이었다. 그는 다가가서 어머니의 팔을 잡았다. 어머니는 팔에 고개를 박고 울고 있었다.

"그런 뜻이 아니었어요." 그가 말했다. "난 단지 무언가에 화가 나 있을 뿐이에요. 엄마를 사랑하지 않는다는 뜻은 아니었어요."

어머니는 계속 울었다. 크렙스는 어머니의 어깨를 안았다.

"제 말 못 믿어요, 엄마?"

어머니는 고개를 흔들었다.

"제발 엄마, 믿어줘요."

"알았어." 어머니는 숨넘어가는 소리로 말하며 그를 올려다봤다. "난 널 믿는다, 해럴드."

크렙스는 어머니의 머리에 키스를 했고, 그녀는 고개를 들어 그를 바라봤다.

"난 네 엄마야." 그녀가 말했다. "갓난아기였을 땐 늘 내 품에 안겨 있었는데."

크렙스는 약간 구역질을 느끼며 말했다.

"알았어요. 착한 아들이 되려고 노력해볼게요."

"나랑 무릎 꿇고 기도하지 않을래?" 어머니가 부탁했다.

그들은 식탁 옆에서 무릎을 꿇었고, 어머니는 기도를 했다.

"이제 네가 기도해라, 해럴드." 어머니가 말했다.

"못해요."

"노력해봐, 해럴드."

"못해요."

"그럼 내가 널 위해 기도해줄까?"

"그래요."

어머니는 다시 그를 위해 기도했고, 그들은 일어섰다. 크렙스는 어머니에게 키스를 하고 집 밖으로 나갔다. 그는 그동안 인생이 복잡해지지 않도록 애를 써왔다. 지금도 여전히 그런 그를 간섭할 수 있는 건 없었다. 그저 거짓말을 하게 한 어머니가 유감스러울 뿐이었다. 그가 캔자스시티로 가서 직장을 얻으면 어머니는 괜찮아지실 것이다. 그러기까지 또 한 번 요란한 장면이 펼쳐지겠지만. 아버지 사무실에는 갈 마음이 없었다. 그냥 지나쳐버릴 것이다. 그는 순조롭게 살고 싶었다. 그래야만 했다. 어쨌거나, 이제는 다 끝났다. 그는 헬렌의 야구 경기를 보려고 학교로 향했다.

새벽 2시 두 명의 헝가리인이 그랜드 거리와 15번가 사이에 있는 시가 가게에 들어왔다. 15번가 경찰서 소속 드레비츠와 보일이 포드를 타고 도착했다. 헝가리인들이 골목을 벗어나려고 왜건을 후진시킬 때, 보일이 총을 쐈다. 한 명은 좌석에서 쓰러졌고, 나머지 한 명도 차 바깥으로 쓰러졌다. 둘 다 죽었음을 확인한 드레비츠가 겁에 질려 총을 왜 쐈냐고, 문제가 복잡해지겠다고 했다.

"저놈들은 사기꾼이잖아, 안 그래?" 보일이 말했다. "이탈리아 놈들이라고. 대체 누가 시비를 걸겠어?"

"이번에는 맞을 수도 있지만, 이다음에 또 이런 상황이 오면 어쩌려고? 이탈리아 놈들인지 아닌지 네가 어떻게 알아?"

"이탈리아 새끼들은." 보일이 말했다. "1마일 밖에서도 알아볼 수 있어."

혁명가

1919년, 그는 기차로 이탈리아를 여행하고 있었다. 그는 지워지지 않는 연필로 "이 청년은 부다페스트의 백색 반동들로부터 커다란 고통을 받았으므로 동지들이 도와주어야 한다"라고 쓰여진, 당 본부에서 만들어준 천 조각을 들고 있었다. 그는 그 천 조각을 티켓 삼아 여행하고 있었다. 그는 아주 수줍고 조용한 청년으로, 열차 승무원들이 교대로 그를 돌봐주었다. 돈이 없는 그를 철로 식당 카운터 뒤에서 공짜로 먹여주기도 했다.

그는 이탈리아가 좋았다. 정말 아름다운 나라야, 하고 중얼거렸다. 사람들도 모두 친절했다. 그는 많은 마을을 돌아다녔고, 많이 걸었고, 많은 그림들을 보았다. 그는 조토, 마사초, 피에로 델라 프란체스카의 복제본을 《아반티》 잡지로 싸서 들고 다녔다. 만테냐*는 좋아하지 않았다.

그가 볼로냐에 도착하자, 나는 그에게 필요한 사람을 소개해주려고 그를 로마냐로 데리고 갔다. 멋진 여행이었다. 때는 9월 초였고, 시골은 상쾌했다. 그의 이름은 마자르였고 매우 수줍고 착한 청년이었다. 그는 호르티**의 부하들이 자신에게 저지른 나쁜 짓을 조금 털어놓았다. 그는 헝가리인이었지만, 세계 혁명에 대한 신념을 갖고 있었다.

"이탈리아에서는 혁명이 어떻게 진행되고 있나요?" 그가 물었다.

"잘 안 되고 있지." 내가 말했다.

"하지만 잘될 거예요. 이곳은 모든 걸 다 갖추고 있잖아요. 모든 사람이 신념을 갖고 있으니까요. 여기야말로 모든 것의 시발점이 될 거예요."

나는 아무 말도 하지 않았다.

볼로냐에서 그는 우리에게 작별 인사를 하고 밀라노행 기차에 올랐다. 거기서 다시 아오스타***로 간 후, 걸어서 산을 넘어 스위스로 가기로 되어 있었다. 나는 출발하는 그에게 밀라노에 있는 만테냐의 작품에 대해 말해주었다. "됐습니다." 그는 수줍게 자기는 만테냐를 싫어한다고 말했다. 나는 밀라노에 가면 어디서 식사를 해야 하는지 알려주고, 동지들의 주소를

---

*안드레아 만테냐(1431~1506). 이탈리아의 화가.
**미클로시 호르티(1868~1957). 헝가리의 군인이자 정치가. 1920년 3월 섭정으로 선출되어 이후 20여 년간 독재 정치를 펼쳤다.
***이탈리아 북부 알프스 남쪽 기슭의 도시.

건네주었다. 내게 감사를 표하는 그의 마음은 이미 산을 넘고 있었다. 그는 아직 날씨가 좋을 때 산을 넘어 스위스로 가고 싶어 했다. 가을 산을 좋아한다면서. 내가 마지막으로 들은 소식은, 그가 스위스에서 붙잡혀 시옹 근처의 구치소에 갇혀 있다는 것이었다.

첫 번째로 나온 투우사가 칼을 쥐고 있던 손을 소의 뿔에 찔리자 관중은 야유를 보냈다. 두 번째 투우사는 미끄러지는 바람에, 황소가 뿔로 그의 배를 들이받았다. 그는 한 손으로 뿔을 잡고, 다른 한 손으로는 상처를 꼭 눌렀다. 그러자 황소는 그를 벽에 세게 갖다 박았고, 그 바람에 뿔이 빠져버렸다. 그는 모래 위에 누워 있다가 미친 주정뱅이처럼 일어서더니, 자기를 실어 가려는 사람들을 때리며 칼을 내놓으라고 하다가 기절해버렸다. 세 번째 젊은이가 나왔다. 그는 다섯 마리의 황소를 다 죽여야만 했다. 한 번에 세 명의 투우사만 나올 수 있기 때문이었다. 마지막 황소를 죽일 때 그는 너무 지쳐 칼을 꽂을 힘도, 팔을 쳐들 힘도 없었다. 그는 다섯 번을 시도했다. 관중은 숨죽이며 지켜보았다. 투우사와 소의 힘은 막상막하였고, 둘 중 하나가 죽어야 끝나는 경기였다. 결국 그는 해냈다. 그는 모래 위에 앉아 토했다. 관중이 소리를 지르며 경기장에 물건을 던지는 동안 동료들이 그의 어깨에 망토를 둘러주었다.

엘리엇 부부

엘리엇 부부는 아기를 가지려고 무척이나 노력했다. 부인이 견딜 수 있을 만큼 노력했다. 보스턴에서 결혼식을 올린 후에도 노력했고, 유럽으로 건너오는 배에서도 노력했다. 하지만 배에서는 자주 시도하지 못했는데, 엘리엇 부인이 줄곧 아팠기 때문이다. 그녀는 미합중국 남부 출신이었다. 다른 모든 남부 여자들처럼 밤이 되면 이내 뱃멀미를 시작했고, 아침에는 지나치게 일찍 일어났다. 배의 승객들은 그녀를 엘리엇의 엄마로 여겼고, 그들이 결혼한 사실을 아는 사람들은 그녀가 임신 중이라고 생각했다. 사실 그녀의 나이는 마흔이었다. 여행을 시작하자 그녀는 급속도로 늙어갔다.

전에 그녀는 훨씬 젊어 보였다. 그녀가 운영하는 찻집을 드나들면서 그녀를 오랫동안 알아온 그는 어느 날 저녁 그녀에게 키스했고, 그 후 몇 주 동안 그녀와 사랑을 나눈 후 결혼할 때까지만 해도 그녀는 전혀 나이 들어 보이지 않았다.

허버트 엘리엇은 결혼할 때 하버드 법학 대학원에 다니고 있었고, 1년에 1만 달러를 버는 시인이었다. 그는 긴 시를 빨리 썼다. 스물다섯이었고, 엘리엇 부인과 결혼하기 전까지 숫총각이었다. 그는 신부에게 동정을 바치려고 자신의 몸과 마음을 순결하게 간직했으며, 자기 신부도 처녀이기를 원했다. 그는 그것을 올바르게 살기라고 표현했다. 그는 엘리엇 부인에게 키스하기 전에도 많은 여자들과 사랑에 빠졌고, 그때마다 자신은 순결하게 살아왔다고 말했다. 그러면 거의 모든 여자들이 그에게 흥미를 잃었다. 그는 여자들이 자기들을 시궁창으로 끌고 갈 남자들과 약혼하고 결혼하는 것에 놀랐다. 한번은, 대학 시절 망나니였다는 증거가 확실한 남자와 결혼하려는 여자에게 경고했다가 아주 불쾌한 일을 당하기도 했다.

엘리엇 부인의 이름은 코넬리아였다. 그녀는 엘리엇에게 남부에서 자기 가족이 자기를 부르는 별명인 칼루티나라고 부르라고 했다. 결혼식을 올린 후 엘리엇이 그녀를 자기 집에 데려가자 어머니는 울었지만, 그들이 해외에 나가 살 거라는 말을 듣고는 기뻐했다.

코넬리아는 그를 "나의 착한 남자"라고 불렀으며, 그가 자기를 위해 어떻게 순결을 지켜왔는지 말할 때마다 그를 더욱 세게 껴안았다. 역시 숫처녀였던 코넬리아가 말했다. "다시 그렇게 키스해줘요."

허버트는 그렇게 키스하는 법을 어떤 친구에게 배웠다면서, 그 방식을 여러 가지로 발전시키며 기뻐했다. 때로 오랫동안 키스할 때면, 코넬리아는 자기를 위해 순결을 간직했다는 말을 다시 한 번 해달라고 부탁하곤 했다. 그 말은 언제나 그녀를 흥분시켰다.

허버트는 처음에는 코넬리아와 결혼할 생각이 없었다. 그런 식으로 그녀를 생각해본 적이 없었고, 단지 좋은 친구일 뿐이었다. 그러던 어느 날, 그녀의 친구가 찻집 카운터를 지키고 있는 동안 그들은 조그만 뒷방에서 축음기에 맞춰 춤을 추고 있었는데, 갑자기 그녀가 그의 눈을 바라봤고 그는 그녀에게 키스했다. 그가 언제 그녀와 결혼하려고 결심했는지는 기억나지 않지만, 결국 그들은 결혼했다.

그들은 보스턴 호텔에서 첫날밤을 치렀다. 둘 다 실망했지만 결국 코넬리아는 잠이 들었다. 허버트는 잠이 오지 않아 신혼여행을 위해 산 새 예거 목욕 가운을 걸치고 여러 번 밖으로 나가 호텔 복도를 왔다 갔다 했다. 그러다가 호텔 방 문 앞마다 큰 구두와 작은 구두 한 쌍이 나란히 놓여 있는 것을 보고 심장이 두근거려 다시 방으로 돌아왔으나, 코넬리아는 자고 있었다. 그는 그녀를 깨우고 싶지 않았고, 곧 안정을 찾아 평화롭게 잠이 들었다.

다음 날 그들은 그의 어머니를 보러 갔고, 그다음 날 유럽으로 떠났다. 무엇보다도 아기가 갖고 싶어 노력했지만, 코넬리아의 몸 상태가 허락하지 않았다. 그들은 셰르부르에 도착했고 이어서 파리로 갔다. 파리에서도 아기를 가지려 노력했다. 그런 다음 그들은 같이 대서양을 건넌 사람들이 가 있고 여름학교도 있는 디종으로 갔다. 디종에서는 아무 할 일이 없었다. 하지만 허버트는 많은 시를 썼고, 코넬리아는 그를 위해 시를 타이핑했다. 그것들은 모두 장시였는데, 그는 실수에 가혹해서 오타가 하나만 나와도 처음부터 다시 치라고 했다. 그 때문에 그녀는 많이도 울었고, 그 와중에도 디종을 떠나기 전까지 아기를 가지려고 몇 차례 노력했다.

그들이 다시 파리로 갈 때, 배에서 친구가 된 대부분의 사람들도 그들과 함께 기차를 탔다. 디종에 신물이 나기도 했고, 어쨌거나 이제는 하버드와 컬럼비아와 위배시를 떠나 코트 도르의 디종 대학에서 공부했다고 말할 수 있었다. 그들 중 많은 이들은 랑그도크이나 몽펠리에나 페르피냥에도 대학이 있다면 거기로 가고 싶다고 했지만, 그런 곳들은 너무 멀었다. 디종에서 파리까지는 4시간 반밖에 안 걸렸고, 기차에서 저녁을 먹었다.

그들 모두는 외국인들이 많이 몰리는 로통드 카페를 피해 건너편 카페 뒤 돔에서 며칠간 빈둥거렸다. 엘리엇은 〈뉴욕 헤럴드〉지 광고에서 투렌 성을 발견하고 그곳을 빌렸다. 엘리엇에겐 그의 시를 좋아하는 친구가 많았지만, 부인은 그곳에서 함께 지낼 만한 친구가 없었다. 그래서 부인은 찻집을 지키고 있는 자기 친구를 부르자고 그를 졸랐다. 그녀가 오자 부인의 기분은 한결 좋아졌고, 둘은 같이 울기도 했다. 그 친구는 코넬리아보다 몇 살 더 많았으며, 그녀를 '자기'라고 불렀다. 그녀 역시 남부 출신이었다.

그 셋은 엘리엇을 허비라고 부르는 엘리엇의 친구 몇몇과 함께 투렌에 있는 성으로 갔다. 투렌은 캔자스처럼 납작하고 더운 시골이었다. 당시 엘리엇의 시는 책 한 권으로 엮일 만큼 충분한 분량이어서, 보스턴에서 시집을 발간할 준비를 하고 있었다. 출판사와 접촉해 수표도 보낸 상태였다.

기대했던 것만큼 투렌이 마음에 들지 않자 친구들은 곧 파리로 돌아갔다. 그러고는 돈 많고 미혼인 시인을 따라 다시 파리를 떠나 트루빌 근처의 해변가 휴양지로 갔다. 거기서 그들 모두는 행복해했다.

엘리엇은 계속 투렌 성에서 보냈다. 여름 내내 그 성을 빌렸기 때문이었다. 그와 부인은 크고 뜨거운·침실의 커다랗고 딱딱한 침대 위에서 아이를 가지려고 아주 많은 노력을 했다. 엘리엇 부인은 자판을 안 봐도 될 만큼 타이핑에 능숙해진 상태였지만, 속도는 빨라진 대신 오타는 더 늘었다. 그래서 이젠 그녀의 친구가 원고의 대부분을 타이핑했다. 친구는 아주 깔끔하고 효율적으로 타이핑을 했으며 그 일을 즐기는 듯했다. 엘리엇은 화이트 와인을 마시며 자기 방에서 혼자 지냈다. 그는 밤새 많은 시를 썼고, 아침이면 피곤해했다. 엘리엇 부인과 그녀의 친구는 이제 커다란 중세풍 침대에서 같이 잤다. 저녁이면 정원의 나무 밑에 앉아 식사를 했다. 뜨거운 바람 속에서 엘리엇은 화이트 와인을 마셨고, 엘리엇 부인과 친구는 대화를 나누었다. 그들 모두는 아주 행복했다.

백마의 다리를 때리자 말은 겨우 무릎으로 일어섰다. 기마 투우사는 등자를 잡아당겨 반듯하게 한 다음 안장에 고정시켰다. 말이 걸음을 옮길 때마다 삐져나온 푸른 내장이 앞뒤로 덜렁거렸다. 투우사 보조들이 채찍으로 다리 안쪽을 때리자 말은 절뚝거리며 걸었다. 그러다가 뻣뻣하게 서자, 보조들 중 하나가 말의 고삐를 잡아당겨 억지로 걷게 했다. 기마 투우사는 말에 박차를 가했고, 몸을 앞으로 숙여 황소에게 창을 찔러 넣었다. 그동안 말의 앞다리 사이에선 주기적으로 피가 치솟았다. 말은 불안했고 불안정했다. 황소는 공격할지 말지 마음을 정하지 못했다.

빗속의 고양이

그 호텔에 미국인은 그들 둘뿐이었고, 방에서 나와 층계를 지날 때 마주쳤던 어느 누구도 알지 못했다. 바다가 보이는 2층 그들 방에선 정원과 전쟁 기념비가 내다보였다. 정원에는 커다란 종려나무와 초록색 벤치가 있었다. 날씨가 좋을 때면 화가들이 이젤을 들고 그곳으로 나왔다. 그들은 무럭무럭 자라는 종려나무와, 정원과 바다를 마주한 호텔의 밝은 색조를 좋아했다. 전쟁 기념비를 보러 멀리서 여기까지 찾아오는 이탈리아인들도 있었다. 지금은 비가 내리고 있었다. 청동 기념비는 빗속에서 반짝였고 종려나무에서 떨어진 빗물이 자갈길을 물웅덩이로 만들어놓았다. 밀려오고 밀려 나가는 파도는 빗속에서 길게 선을 그리며 부서졌다. 전쟁 기념비 옆 광장에 서 있던 차들은 다 빠져나간 상태였다. 그 텅 빈 광장을, 길 건너 카페 문간에 서 있는 웨이터가 바라보고 있었다.

미국인 아내는 창에 기대 밖을 내다보고 있었다. 창문 바로 밑 바깥에는 고양이 한 마리가 빗물이 떨어지는 녹색 탁자 아래 앉아 있었다. 떨어지는 빗방울을 맞지 않으려고 최대한 몸을 웅크린 채.

"가서 저 고양이를 데려와야겠어." 아내가 말했다.

"내가 데려올게." 남편이 침대에서 말했다.

"아니, 내가 할게. 가엾은 고양이가 탁자 밑에서 비를 피하고 있어."

남편은 침대 발치에 베개 두 개를 받쳐놓고 계속 책을 읽으며 말했다.

"비 맞지 말고."

여자가 아래층으로 내려가 카운터를 지나자, 호텔 주인이 일어나서 인사를 했다. 그의 책상은 사무실 끝에 있었다. 늙은 주인은 키가 컸다.

"비가 오네요." 여자가 말했다. 그녀는 그 호텔 주인이 좋았다.

"시, 시, 시뇨라, 브루토 탄포.(예, 예, 부인, 날씨가 끔찍하네요.) 날씨가 끔찍하네요."

그는 어두운 사무실 끝 책상 뒤에 서 있었다. 여자는 그가 좋았다. 어떤 불만도 진지하게 들어주는 방식이 좋았다. 품위 있는 태도도 좋았고, 시중을 드는 방식과 호텔 주인으로서의 자부심도 좋았다. 나이 들고 심각한 얼굴과 큰 손도 좋았다.

그런 호감을 느끼며, 그녀는 호텔 문을 열고 밖을 내다봤다. 빗줄기는 더 거세져 있었다. 비닐 우의를 입은 남자가 텅 빈 광장을 가로질러 카페로 들어가고 있었다. 고양이는 오른쪽 어딘가에 있을 것이다. 그녀가 지붕 처마로 올라가야 할지도 모른다고 생각하며 문간에 서 있는데, 뒤에서 우산이 펴졌다. 방을 청소해주는 하녀였다.

"비 맞으시면 안 돼요." 그녀는 미소 지으며 이탈리아어로 말했다. 물론 호텔 주인이 보낸 것이었다.

하녀가 받쳐주는 우산을 쓰고 그녀는 자갈길을 지나 그들의 방 창문 아래까지 갔다. 빗속에서 밝은 녹색으로 씻긴 탁자는 거기 그대로 있었지만, 고양이는 가고 없었다. 그녀가 급작스럽게 실망한 기색을 보이자 하녀가 그녀를 올려다보며 말했다.

"아 페르두토 콸퀘 코사, 시뇨라?(뭘 잃어버리셨나요. 부인?)"

"고양이가 있었어요." 미국 여자가 말했다.

"고양이요?"

"시, 일 가토.(그래요. 고양이요.)"

"고양이요?" 하녀는 웃었다. "빗속에 고양이가 있었다고요?"

"탁자 아래에 있었어요. 그 고양이를 갖고 싶었어요, 정말로 갖고 싶었어요."

그녀가 그렇게 영어로 말하자, 이탈리아 하녀는 얼굴이 굳어지며 말했다.

"이제 안으로 들어가세요, 시뇨라. 이렇게 있다간 비에 다 젖어요."

"그러죠." 미국 여자가 말했다.

그들은 자갈길을 걸어 다시 호텔 문 쪽으로 갔다. 미국 여자는 바로 호텔 안으로 들어갔고, 하녀는 문 바깥에서 우산을 접었다. 미국 여자가 사무실을 지나가자, 호텔 주인이 또다시 책상 뒤에서 인사를 했다. 그녀 안에서 작고 단단한 무언가가 느껴졌다. 그 주인이 자신을 작게 만듦과 동시에 중요하게 느껴지게 했다. 잠시나마 자신이 최고로 중요한 사람처럼 여겨졌다. 그녀는 2층으로 올라가 자기 방의 문을 열었다. 조지는 여전히 침대에서 책을 읽고 있었다.

"고양이 데려왔어?" 그가 책을 내려놓으며 물었다.

"가버리고 없었어."

"어디로 갔을까?" 그가 책에서 눈을 떼며 말했다.

그녀는 침대에 걸터앉고는 말했다.

"그 고양이를 꼭 갖고 싶었어. 왜 그런지는 몰라도 꼭 갖고 싶었어. 그 가엾은 고양이를. 밖에서 비 맞는 고양이처럼 불쌍한 게 또 있을까."

조지는 다시 책을 읽기 시작했다.

그녀는 화장대 앞에 앉아 손거울로 자기 옆얼굴을 바라봤다. 이쪽저쪽으로 고개를 돌리면서. 그런 다음 머리 뒤쪽과 목을 살폈다.

"머리가 길면 더 좋아 보이지 않을까?" 자기 옆모습을 보며 그녀가 말했다.

조지는 고개를 들어 소년처럼 짧은 머리칼이 붙어 있는 그녀의 목덜미를 바라보며 대답했다.

"난 지금 이대로가 좋은데."

"난 싫증이 나. 소년처럼 보이는 게 지겨워."

조지는 침대에서 자세를 바꿔 내내 그녀를 바라보다가 말했다.

"지금도 예뻐."

그녀는 화장대에 손거울을 내려놓고 창가로 가서 밖을 내다봤다. 밖은 어두워지고 있었다.

"머리를 바짝 뒤로 묶어 손에 부드럽게 만져지는 올림머리를 하고 싶어." 그녀가 말했다. "무릎 위에 고양이를 올려놓고 쓰다듬고 싶어. 그럼 가르랑거리겠지."

"그래?" 조지가 침대에서 말했다.

"그리고 내 은제 식기가 놓인 식탁에서 식사를 하고 싶어. 촛불도 켜고. 지금이 봄이면 좋겠어. 내 거울 앞에서 머리를 빗고 싶고, 고양이가 있으면 좋겠고, 새 옷도 사고 싶어."

"입 닥치고 책이나 읽어." 조지가 그렇게 말하며 다시 책을 읽기 시작했다.

아내는 창밖을 내다봤다. 밖은 꽤 어두워져 있었고, 종려나무 사이로 계속 비가 내리고 있었다.

"어쨌든 난 고양이를 갖고 싶어. 지금 당장 갖고 싶다고. 긴 머리도 못 하고, 다른 재미도 없다면 고양이라도 가질래."

조지는 듣지 않고 계속 책만 보고 있었다. 아내는 창밖으로 불빛에 비치는 텅 빈 광장을 내려다보고 있었다.

노크 소리가 들렸다.

"들어와요." 조지가 대답하며 책에서 눈을 떼 문을 바라봤다.

문간에는 하녀가 서 있었다. 세 가지 색 털이 거북이 등딱지처럼 몸을 감싼 커다란 고양이를 안은 채.

"실례합니다. 호텔 주인이 시뇨라에게 이걸 갖다드리라고 해서요."

관중은 내내 소리를 질렀다. 빵 조각과 방석과 술을 담는 가죽 부대를 던지며 야유의 휘파람과 비명을 질러댔다. 드디어 황소는 창에 너무 많이 찔린 나머지 탈진해 무릎을 꺾더니 땅에 드러누웠다. 조수 하나가 황소의 목에 몸을 기대고는 창으로 숨통을 끊었다. 관중은 보호벽을 타고 넘어 투우장으로 들어와 투우사를 둘러쌌다. 그들 중 두 명이 투우사를 붙잡자 누군가가 그의 머리채를 잘라서 흔들었고, 아이 하나가 그걸 낚아채서 도망쳤다. 그 후 나는 그 투우사를 카페에서 보았다. 갈색 얼굴에 키가 작은 그는, 술에 많이 취해 있었다. 그는 전에도 그런 일이 있었다고, 자신은 좋은 투우사가 아니라고 말했다.

계절이 끝나고

호텔 정원을 삽질해서 번 4리라로 술을 마셔 꽤 취한 페두치는, 길을 따라 내려오는 젊은 신사를 발견하고는 그에게 은밀하게 말을 걸었다. 신사는 아직 식사를 못 했으니 점심을 먹자마자 바로 같이 떠나겠다고, 40분이나 한 시간쯤 후면 출발할 수 있을 거라고 말했다.

다리 근처의 한 술집은 페두치에게 석 잔 이상의 술을 외상으로 주었다. 그가 오후에 있을 돈벌이가 짭짤할 거라고 자신 있고 은밀하게 말했기 때문이다. 바람이 불고, 해가 구름 사이로 나왔다가 빗방울을 뿌리는 날씨였다. 송어 낚시에는 안성맞춤이었다.

젊은 신사는 호텔에서 나와 아내를 낚시에 데려가도 되느냐고 물었다. "그럼요." 페두치가 말했다. "부인도 오라고 하세요." 젊은 신사는 다시 호텔로 들어가서 자기 아내를 데리고 나왔다. 그와 페두치는 길을 내려가기 시작했다. 젊은 신사는 작은 배낭 같은 걸 메고 있었다. 신사의 아내는 신사만큼이나 젊었고, 산악 부츠와 푸른 베레모를 쓰고 있었다. 그녀는 조립이 안 된 낚싯대를 양손에 하나씩 들고 그들을 뒤따르고 있었다. 페두치는 그녀가 뒤처져서 오는 게 싫었다. "시뇨리나." 페두치는 젊은 신사에게 윙크를 하며 그녀를 불렀다. "이리 오세요. 이쪽으로 오셔서 같이 가세요." 페두치는 셋이서 나란히 코르티나 길을 걷고 싶었다.

하지만 아내는 화가 난 표정으로 여전히 뒤에서 따라왔다. "시뇨리나." 페두치가 다시 한 번 부드럽게 불렀다. "우리하고 같이 가시지요." 젊은 신사가 뒤돌아서더니 뭐라고 소리를 질렀다. 그러자 아내는 더 이상 뒤처지지 않고 앞으로 나왔다.

페두치는 마을의 중심가를 지나며 마주치는 모든 사람들에게 모자를 살짝 치며 우아하게 몸을 숙여 인사했다. "부온 디, 아르투로!(안녕하세요, 아르투로 씨!)" 파시스트 카페 문을 나오던 은행 직원이 그를 노려봤고, 그 앞에 서 있던 세 무리와 네 명의 사람들도 그들 셋을 주목했다. 돌가루 먼지가 뿌옇게 쌓인 작업복을 입은 노동자들도 호텔 앞 분수대에서 그들을 지켜봤다. 그러나 말을 걸거나 수인사를 하는 사람은 아무도 없었다. 턱수염이 수북한 삐쩍 마른 늙은 거지만 모자를 살짝 들어 올렸다.

페두치는 진열장이 술병으로 가득한 상점 앞에 서더니, 입고 있던 낡은 군복 주머니에서 빈 술병을 꺼내고는 말했다. "마실 것 좀 사지요. 시뇨라를 위해 마르살라*가 어떨까요? 마실 것이 있어야지요." 그는 빈 병을 흔들었다. 날씨는 매우 좋았다. "마르살라가, 시뇨리나, 마르살라 좋아요? 마르살라 조금 살까요?"

아내가 샐쭉하게 서 있다가 말했다. "저 사람 말대로 해야겠지. 그런데 저 사람 말은 한마디도 못 알아듣겠어. 술주정뱅이 아니야?"

젊은 신사는 페두치 말을 못 들은 척하며 생각했다. 도대체 왜 마르살라를 사자는 거지? 그건 맥스 비어봄**이 마시는 건데.

"돈 좀 주세요." 드디어 페두치가 젊은 신사의 소매를 붙들고 말했다. "몇 리라만요." 그는 내키지 않는다는 듯이, 그러나 미소를 지으며 신사에게 떼를 썼다.

젊은 신사는 지갑에서 10리라를 꺼내주었다. 그러자 페두치는 국내산 및 수입산 와인을 파는 상점의 계단을 올라갔다.

그때 누군가가 그 앞을 지나면서 경멸하듯이 말했다. "그 집은 2시에나 문을 여는데." 페두치는 계단을 내려오더니 상관없다고, 콩코르디아에 가면 가게가 또 있다고 말했다.

그들은 콩코르디아를 향해 나란히 걸어갔다. 녹슨 썰매를

*이탈리아 시칠리아산 와인.
**맥스 비어봄(1872~1956). 영국의 작가이자 풍자만화가.

쌓아둔 콩코르디아 가게 앞에서 젊은 신사가 말했다. "뭘 마시고 싶어요?" 페두치는 꼬깃꼬깃 접은 10리라짜리 지폐를 건네며 말했다. "아무것도요. 아니, 아무거나요." 그는 자신의 말실수에 당황하며 덧붙였다. "마르살라요. 잘 모르겠어요. 마르살라로 할까요?"

젊은 신사와 그의 아내가 들어가자 콩코르디아의 문이 닫혔다 "마르살라 석 잔요." 젊은 신사가 페이스트리를 파는 카운터 뒤에 있는 여자에게 말했다. "두 잔 아닌가요?" 그녀가 물었다. "아니, 안내인도 마셔요." 신사가 말했다. 그러자 여자는 "오, 안내인도요?" 하고 웃으며 병을 내렸다. 그러고는 진흙색 액체를 잔 세 개에 따랐다. 그의 아내는 신문 걸대 아래에 있는 탁자에 가서 앉았다. 젊은 신사는 마르살라 한 잔을 아내 앞에 놓으며 말했다. "마시는 게 좋을 거야. 그럼 기분이 좀 좋아질 거야." 그녀는 앉아서 술잔을 바라봤다. 젊은 신사는 페두치에게 줄 술잔을 들고 밖으로 나갔지만 그를 찾을 수 없었다.

"어디로 갔는지 모르겠네." 신사는 술잔을 들고 들어오면서 말했다.

"그 사람은 한 잔이 아니라 4분의 1리터를 원할걸요." 아내가 말했다.

"4분의 1리터면 얼마죠?" 젊은 신사가 여자 종업원에게 물었다.

"비안코요? 1리라예요."

"아니, 마르살라로요. 그걸 이 두 잔에 담아주세요." 그가 자기 잔과 페두치의 잔을 내밀며 말했다. 그녀가 깔때기를 대고 측정하며 마르살라 4분의 1리터를 두 잔에 따르자, 젊은 신사가 다시 말했다. "갖고 가게 그걸 한 병에 담아주세요."

그녀는 재미있어하며 병을 찾으러 갔다.

"기분 나쁘게 해서 미안해, 여보." 그가 말했다. "점심때 그런 식으로 말해서 미안해. 우린 같은 것을 다른 각도에서 본 것뿐이야."

"그런다고 달라지는 건 아무것도 없어요." 그녀가 말했다. "그래 봤자 아무 소용 없다고요."

"당신, 너무 춥게 입은 것 아냐? 스웨터를 하나 더 입지 그랬어."

"스웨터는 세 개나 입었어요."

여자 종업원은 아주 날씬한 갈색 병을 들고 와서 마르살라를 거기에 부었다. 젊은 신사는 그녀에게 5리라를 더 주고 아내와 함께 문밖으로 나섰다. 여자 종업원은 흥미롭게 그들을 바라봤고, 페두치는 길 건너편에서 낚싯대를 들고 왔다 갔다 하고 있었다.

"갑시다." 페두치가 말했다. "낚싯대는 내가 들고 갈게요. 사람들이 본들 어때요? 아무도 시비 못 걸 거예요. 코르티나에서는 아무도 내게 시비 못 걸어요. 난 시청 사람들도 잘 알고, 군인이었어요. 그래서 이 마을 사람들은 모두 날 좋아해요. 난 개구리를 팔아요. 낚시가 금지되었다고 해도 문제없어요. 전혀 문제없습니다. 큰 송어가 있어요. 아주 많아요."

그들은 언덕을 내려가 강으로 향했다. 마을은 이제 그들 뒤에 있었다. 해는 졌고, 빗방울이 떨어지고 있었다. "저기에……." 그들이 지나친 집 현관을 가리키며 페두치가 말했다. "제 딸이 있습니다요."

"의사?" 부인이 말했다. "우리에게 자기 의사를 보여주려는 거예요?"*

"자기 딸이라고 했어." 젊은 신사가 말했다.

페두치가 가리키자, 소녀는 집으로 들어가버렸다.

그들은 평원을 가로질러 언덕 아래로 내려간 다음, 방향을 틀어 강둑으로 향했다. 그러는 내내 페두치는 쉴 틈 없이 윙크를 하며 잘난 척 수다를 떨었다. 나란히 걷고 있었기 때문에, 부인은 페두치의 입 냄새까지 맡게 되었다. 페두치는 부인의 옆구리를 가볍게 찌르기도 했다. 그는 여기 담페초 지방의 이탈리아어와 티롤 지방 독일어를 섞어 말했다. 젊은 신사와 부인이 어느 말을 더 잘 알아듣는지 몰랐기 때문이다. 그러나 젊은 신사가 독일어로 예, 예, 하고 대꾸하자 그때부터 티롤 지방 독일어만 사용했고, 젊은 신사와 부인은 그의 말을 한마디도 알아듣지 못했다.

*daughter(딸)를 doctor(의사)로 잘못 듣고 하는 말이다.

"마을 사람들 모두가 우리가 낚싯대를 들고 가는 걸 봤어. 지금쯤 불법 포획을 단속하는 경찰이 따라오고 있을지도 몰라. 이런 짓은 아예 하지 말았어야 했어. 저 늙은 바보도 너무 취했고."

"당신은 돌아갈 배짱도 없잖아요." 아내가 말했다. "계속 끌려 다니겠죠."

"당신은 돌아가. 제발 돌아가."

"당신하고 같이 있을 거예요. 당신이 구치소에 끌려가면 나도 갈 거예요."

그들은 강둑 아래 경사진 곳으로 내려갔다. 페두치가 바람에 코트를 나부끼며 강을 가리켰다. 강은 갈색, 진흙탕 색이었다. 오른쪽에는 쓰레기 더미가 있었다.

"이탈리아어로 말해요." 젊은 신사가 말했다.

"운 메초라. 피우 둔 메초라.(30분. 30분만 더 가면 돼요.)"

"30분을 더 가야 한다는데. 여보, 당신은 그만 돌아가. 바람이 너무 차가워. 날씨가 이러니 재미있기는 틀린 것 같아."

"알았어요." 그녀는 풀이 덮인 강둑을 다시 올라가기 시작했다.

"프라우?" 페두치는 강으로 내려가 있어서 모르고 있다가 나중에야 소리쳤다. "프라우! 프러라인!* 가지 마세요!"

*프라우는 부인, 프러라인은 아가씨를 가르키는 독일어이다.

그러나 그녀는 강둑 저편으로 사라진 뒤였다.

"부인이 가버렸어!" 페두치는 충격을 받은 상태였다.

신사는 낚싯대를 묶었던 고무 밴드를 벗겨내고, 두 개의 낚싯대를 조립하기 시작했다. "30분 더 가야 한다고 하지 않았소?"

"그랬죠. 30분만 더 내려가면 좋은 장소가 있죠. 하지만 여기도 좋아요."

"정말이오?"

"당연하죠. 여기나 거기나 다 좋습니다."

젊은 신사는 강둑에 앉아 낚싯대를 조립하고, 릴을 붙이고, 낚싯줄을 연결했다. 하지만 어느 때라도 불법 포획 감시인이나 마을의 추적대가 나타날 것 같아 불안했다. 언덕 너머로 마을의 집들과 종탑이 보였다. 신사는 다시 낚시 상자를 열었다. 페두치는 평평하고 딱딱한 엄지와 검지로 축축한 낚시 목줄을 꼬더니 말했다.

"납을 줘요."

"없소."

"납이 있어야 해요." 페두치는 흥분했다. "피옴보가 있어야 한다고요, 조그만 납. 피옴보. 작은 피옴보요. 여기, 낚싯바늘에 그걸 매달아야 해요. 안 그러면 미끼가 물 위에 떠요. 그게 있어야 해요. 작은 피옴보요."

"당신에게는 없소?"

"없어요." 그는 필사적으로 군복 호주머니 안감의 뭉쳐진 먼지 덩이까지 뒤져보았다. "없어요. 피옴보가 있어야 해요."

"그럼 낚시는 못 하겠군." 젊은 신사가 말했다. 그는 낚싯대를 분해하고 낚싯줄을 도로 감았다. "피옴보를 준비해서 내일 합시다."

"보세요, 피옴보가 있어야 해요. 안 그러면 낚싯줄이 물 위에 뜨게 돼요." 페두치의 전성시대가 눈앞에서 산산조각 나고 있었다. "피옴보가 있어야 해요. 조금이면 돼요. 선생님 낚싯대는 다 새거고 훌륭하지만 납이 없어요. 나라도 가져왔어야 하는데……. 장비는 다 있다고 했잖아요."

젊은 신사는 녹은 눈으로 더러워진 강을 바라보며 말했다. "알겠소, 피옴보를 준비해서 내일 낚시를 합시다."

"몇 시에요? 말해줘요."

"7시에."

해가 다시 나오자 날씨는 따뜻하고 상쾌해졌다. 젊은 신사는 마음이 놓였다. 더 이상 법을 어기지 않아도 되기 때문이었다. 강둑에 앉아 주머니에서 마르살라를 꺼내 페두치에게 주었다. 페두치는 한 모금 마시고 다시 그에게 술병을 돌려줬다. 젊은 신사도 한 모금 마신 후 다시 페두치에게 술병을 건넸다. 그렇게 주거니 받거니 하다가 페두치가 말했다. "마셔요. 이건 댁의 마르살라예요." 젊은 신사가 한 모금 더 마시는 동안 페두치는 술병을 들여다보다가, 그 술병을 받더니 죽 들이켰다. 그의 목이 접히는 곳에서 백발이 앞뒤로 흔들렸고, 그의 시선은 갈색 병 끝에 고정되어 있었다. 그가 술병을 비우자, 해가 비쳤다. 그는 행복했다. 어쨌거나 오늘은 멋진, 기분 좋은 날이었다.

"그럼 내일 아침 7시에 만나요!" 그는 그렇게 몇 번이나 젊은 신사에게 외쳤지만, 아무런 응답이 없었다. 좋은 마르살라였다. 그의 눈은 반짝거렸다. 이런 날이 앞으로도 계속될 것 같았다. 아침 7시는 시작되게 마련이니까.

그들은 언덕을 넘어 마을을 향해 걷기 시작했다. 젊은 신사가 저만큼 앞서 갔다. 페두치가 그를 불러 말했다.

"5리라만 줄 수 없나요?"

"오늘 일당 말이오?" 젊은 신사가 이마를 찌푸리며 말했다.

"오늘 것이 아니고요, 내일 걸 미리 주십사 하는 거예요. 내일 제가 준비물을 챙겨 올게요. 선생님과 저, 시뇨라가 먹을 파네, 살라미, 포르마조* 같은 것들을 챙겨 올게요. 미끼도 지렁이뿐 아니라 송사리까지 챙겨 와요. 어쩌면 마르살라도 가져올 수 있어요. 5리라면 돼요. 5리라만 주세요."

젊은 신사는 지갑을 뒤져 2리라짜리 한 장과 1리라짜리 두 장을 꺼냈다.

"고마워요. 고맙습니다." 마치 칼턴 클럽 회원이 다른 회원으로부터 〈모닝 포스트〉를 받는 어조로 페두치가 말했다. 앞으

---

*이탈리아어로, 빵, 살라미 소시지, 치즈.

로도 이런 삶을 살 수 있으리라. 이제 얼어붙은 짐승의 배설물을 깨야 하는 호텔 정원 일은 하지 않으리라. 그의 앞에 밝은 인생이 열려 있으리라.

"그럼 7시에, 선생님." 그가 젊은 신사의 등을 툭 치며 말했다. "7시에."

"못 나갈지도 모르겠소." 젊은 신사가 지갑을 도로 주머니에 넣으며 말했다.

"무슨 말이에요?" 페두치가 말했다. "송사리도 가져올 거예요, 시뇨르. 살라미도요. 다 갖고 와요. 선생님과 저, 시뇨라. 우리 셋을 위해서요."

"못 갈지도 몰라요." 젊은 신사가 말했다. "아마 그럴 것 같소. 그렇게 되면 호텔 주인에게 전갈을 남겨놓겠소."

만일 그 자리에 있었다면, 당신은 빌랄타가 황소에게 소리 지르고 욕하는 것을 볼 수 있었을 것이다. 그리고 황소가 달려들 때 그가 참나무처럼 단단하게 몸을 돌리고, 바람이 그를 스쳐 갈 때 그가 다리를 땅에 꽉 붙이고 붉은 천으로 황소를 조종하며 칼을 휘두르는 모습을 보았을 것이다. 그런 다음 그가 황소에게 욕을 하고 붉은 천을 내밀고는, 그 자리에 선 채 소가 돌진해 오기를 기다려 우아하게 몸을 돌리는 것을 보았을 것이다. 그럴 때마다 관중이 환호하는 소리를 들었을 것이다.

그가 소를 죽이기 시작하면, 언제나 재빨리 죽였다. 황소는 정면에서 그를 바라보며 그를 증오했다. 그는 붉은 천의 접힌 부분에서 칼을 빼내어, 같은 동작으로 황소를 불렀다, 토로! 토로! 그러면 소가 돌진하고 빌랄타도 돌진해서 둘은 잠시 하나가 되었다. 빌랄타가 소와 하나가 되면 투우는 끝이 났다. 빌랄타는 소의 어깨에서 뽑아낸 피 묻은 칼을 들고 똑바로 서 있었다. 빌랄타의 손은 관중을 향해 들려 있었고, 황소는 빌랄타를 노려보며 피투성이가 되어 울부짖으며 주저앉았다.

사방에 내리는 눈

스키용 케이블카는 한 번 더 덜컹하고 몸살을 하더니 서버렸다. 눈이 트랙을 가로질러 단단하게 쌓여 있어 더 이상의 전진은 불가능했다. 벌거벗은 산에 불어닥친 돌풍은 눈을 판자처럼 딱딱하게 만들었다. 화물칸에서 스키에 왁스 칠을 하고 있던 닉은 스키화를 스키에 찰칵 고정시켰다. 그러고는 눈이 단단하게 쌓여 있는 측면으로 뛰어내려 점프턴을 한 다음, 몸을 숙이고 스틱을 사용해 경사를 돌진해 내려갔다.

아래쪽 설원에서 조지가 사라졌다가 튀어나오더니 다시 시야에서 사라졌다. 산의 가파른 경사와 굽이를 돌아 가속도로 내려가면서 닉은 아무 생각 없이 멋진 활강과 낙하의 스릴만을 만끽했다. 잠시 솟아올랐다가 이윽고 하강하자 그의 아래로 눈이 떨어져 내렸고, 그는 아래로 아래로, 빠르게 빠르게, 길고 가파른 경사 끝까지 내달렸다. 몸을 웅크려 거의 스키 위에 앉은 자세로 무게중심을 낮추자 눈이 모래 폭풍처럼 몰아쳤고, 그러자 그는 속도가 너무 빠르다는 것을 깨달았다. 그러나 그는 그대로 속도를 유지했다. 넘어지지는 않을 것 같았다. 허나 바람에 푹 파인 곳에 쌓인 부드러운 눈 때문에 미끄러졌고, 마치 총에 맞은 토끼처럼 데굴데굴 구르다가 멈췄다. 다리는 뒤엉켜 있고 스키는 하늘로 솟아 있었으며, 코와 귀는 눈으로 가득 찼다.

조지는 재킷에 묻은 눈을 털어내며 조금 아래 경사에 서 있었다.

"멋진 솜씨였어, 마이크." 그가 닉에게 말했다. "눈이 너무 부드러워. 나도 거기서 넘어졌어."

"저 너머 경사는 어때?" 닉이 누운 채로 스키를 발로 차서 일어나면서 물었다.

"왼쪽으로 가야 해. 울타리 때문에 크리스티아니아*로 빠르게 내려가야 해."

"잠깐, 우리 같이 내려가자."

"아냐. 네가 먼저 가. 네가 어떻게 하는지 보고 싶어."

커다란 등판과 금발에 희끗한 눈을 묻힌 채, 닉 애덤스는 조지를 지나쳐 모서리를 미끄러져 내려갔다. 수정 같은 가루눈을

---

*활주 중 급회전하는 스키 기술.

날리고 쉭 소리를 내며 번개처럼 내려가 경사를 따라 솟구쳤다가 다시 가라앉았다. 그러는 동안 그는 내내 왼쪽에 붙었으며, 마지막 펜스를 향해 돌진할 때는 무릎을 붙이고 몸을 나사처럼 조여 스키를 우측으로 돌려 속도를 줄이고는, 펜스와 언덕 사이를 평행으로 달렸다.

그는 언덕을 올려다보았다. 조지가 무릎을 굽혀 텔레마크* 자세로 내려오고 있었다. 다리 하나는 구부려 앞으로 뻗고 다른 하나는 따라 내려오는 자세였다. 그의 스틱은 마치 곤충의 가느다란 다리처럼 표면에 닿으며 눈을 퍼 올렸다. 드디어 그는 두 무릎을 다 굽혀 아름다운 자세로 우측 커브를 돌았다. 다리는 앞뒤로 힘차게 움직였고 상체는 흔들리지 않고 앞으로 숙인 채였다. 거친 눈구름 속에서 스틱은 빛의 점들처럼 도드라져 보였다.

"크리스티아니아는 겁이 나서 못 했어." 조지가 말했다. "눈이 너무 깊게 쌓여서 말야. 넌 멋지게 해냈어."

"내 다리로는 텔레마크를 할 수 없어."

닉이 스키로 철사 펜스를 내리누르자, 조지가 미끄러져 넘어왔다. 닉은 그를 따라 길로 나갔다. 그들은 무릎을 굽히고 몸을 낮춰 소나무 숲까지 갔다. 길은 미끄러운 빙판길이었고, 통나무를 운반하는 마차로 인해 때가 타 오렌지색과 담뱃진 같은

---

*한쪽 다리를 앞으로 옮겨 회전하는 스키 기술.

누런색으로 변해 있었다. 두 사람은 경사면을 따라 눈길을 걸었다. 길은 가파르게 개울로 내려가더니, 다시 언덕 위로 올라갔다. 숲 사이로 온갖 풍상을 겪은 길고 낮은 처마가 달린 건물이 보였다. 나무 사이로 보니 건물은 퇴색한 누런빛이었다. 창틀은 녹색으로 칠해져 있었는데 페인트가 벗겨지고 있었다. 닉은 신발로 스키를 차서 벗었다.

"여기서부터는 스키를 메고 가자." 그가 말했다.

그는 신발 뒤의 스파이크로 얼음판을 밟으며, 어깨에 스키를 메고 가파른 길을 올랐다. 바로 뒤에서 조지가 신발을 스키에서 떼어내며 거칠게 쉬는 숨소리가 들렸다. 그들은 스키를 그 건물 한쪽에 세워놓고 서로의 바지에서 눈을 털어주었으며, 부츠 바닥을 부딪쳐 깨끗하게 한 다음, 안으로 들어갔다. 안은 아주 어두웠다. 방 한쪽 구석에 커다란 사기 스토브가 빛나고 있었다. 천장은 낮았다. 방 양쪽으로 와인 얼룩이 묻은 어두운 색 탁자들이 놓여 있었다. 거기 두 명의 스위스인이 담배를 피우며 앉아 있었고, 난로 옆에는 새로 나온 탁한 색의 와인 두 잔이 놓여 있었다. 두 사람은 재킷을 벗고, 난로 반대편 벽을 등지고 앉았다. 옆방에서 들려오던 노랫소리가 그치더니, 푸른 앞치마를 두른 소녀가 나와서 무엇을 마실 거냐고 물었다.

"시옹 한 병요." 닉이 말했다. "괜찮지, 조지?"

"그럼." 조지가 말했다. "네가 나보다 와인을 더 잘 알잖아.

난 뭐라도 좋아."

여자가 술을 가지러 갔다.

"스키보다 멋진 건 없어, 안 그래?" 닉이 말했다. "장거리 코스에서 급강하하는 기분이란."

"맞아." 조지가 말했다. "너무 멋져서 말로는 표현이 잘 안 돼."

여자가 와인을 가져왔는데, 코르크 마개가 잘 안 열렸다. 드디어 닉이 마개를 열자 여자는 돌아갔고, 옆방에서 독일어로 노래하는 소리가 들렸다.

"코르크가 좀 들어가도 상관없어." 닉이 말했다. "이 집에 케이크가 있나 모르겠네."

"물어보지, 뭐."

여자가 다시 왔을 때, 닉은 앞치마 속 그녀의 배가 불룩한 것을 보았다. 처음에 봤을 때는 왜 몰랐지? 하고 속으로 생각했다.

"무슨 노래를 불렀죠?" 닉이 그녀에게 물었다.

"오페라요. 독일 오페라." 그녀는 그 이야기는 별로 하고 싶지 않은 기색이었다. "사과 파이는 있어요."

"다정한 편은 아니네." 조지가 말했다.

"글쎄. 우리를 잘 모르고, 자기 노래를 놀렸다고 생각할 수도 있잖아. 독일어를 하는 마을에 살다가 이곳에 살게 돼서 예민할 수도 있고. 더구나 결혼도 안 했는데 임신을 했으니 예민

할 수밖에 없겠지."

"결혼 안 한 건 어떻게 알아?"

"반지가 없잖아. 이 주변 여자들은 임신하기 전에는 결혼 안 해."

문이 열리며 한 무리의 나무꾼들이 나타났고, 그들이 발을 굴러 부츠를 터는 동안 방 안에는 김이 서렸다. 웨이트리스가 그들에게 3리터짜리 술을 가져왔다. 두 개의 테이블을 차지한 그들은 모자를 벗은 채 조용히 담배를 피웠다. 뒤로 벽에 기대거나 앞으로 테이블에 의지한 채.

조지와 닉은 행복했고, 서로가 좋았다. 하지만 곧 그들은 고향으로 돌아가야 했다.

"언제 학교로 돌아가야 해?" 닉이 물었다.

"오늘 밤에." 조지가 대답했다. "몽트뢰에서 10시 40분 기차를 타야 해."

"가지 말고 내일 당 뒤 리에서 스키나 탔으면 좋겠다."

"졸업은 해야잖아." 조지가 말했다. "젠장, 마이크. 여기서 빈둥거리고 싶지 않아? 스키도 타고, 기차로 좋은 데 가서 술집에서 자고, 오버란트를 지나 발레를 거쳐 엥가딘까지 가는 거야. 배낭에 스키 수선 장비랑 스웨터, 파자마만 넣고. 빌어먹을 학교는 다 잊어버리고 말이야."

"그래. 슈바르츠발트를 관통해서 가는 거지. 젠장, 멋진 곳이 얼마나 많은데."

144

"거기서 지난여름에 낚시했잖아."

"그랬지."

그들은 파이를 먹고 와인을 다 마셨다.

조지는 벽을 기대앉아 눈을 감고 말했다.

"난 와인을 마시면 기분이 늘 이래."

"기분이 나쁜 거야?" 닉이 물었다.

"아니, 좋다고. 하지만 이상해."

"그런 기분 알아." 닉이 말했다.

"그래, 알 거야."

"한 병 더 마실까?" 닉이 물었다.

"난 됐어." 조지가 말했다.

그들은 계속 앉아 있었다. 닉은 테이블에 팔꿈치를 괴고, 조지는 벽에 기대 고개를 숙인 채.

"헬렌이 아기를 낳지?" 벽에서 테이블로 몸을 당기며 조지가 물었다.

"응."

"언제?"

"내년 여름 늦게."

"기쁘니?"

"지금은 그래."

"미국으로 돌아갈 거야?"

"그렇게 될 것 같아."

"그러고 싶어?"

"아니."

"헬렌은 가고 싶어 해?"

"헬렌도 원하지 않아."

조지는 말없이 앉아 빈 술병과 빈 유리잔만 바라봤다.

"지옥 같아. 그렇지?"

"아냐. 꼭 그렇지는 않아." 닉이 대답했다.

"왜?"

"나도 몰라." 닉이 대답했다.

"미국에서도 스키 타러 같이 갈래?" 조지가 물었다.

"모르겠어." 닉이 대답했다.

"미국 산들은 별로야." 조지가 말했다.

"맞아." 닉이 말했다. "바위나 나무가 너무 많고, 너무 멀어."

"그래." 조지가 말했다. "캘리포니아가 특히 그래."

"맞아." 닉이 말했다. "내가 가본 곳은 다 그랬어."

"그래." 조지가 말했다. "미국은 죄다 그런 식이야."

스위스 사람들이 일어나서 계산을 마치고 나갔다.

"우리도 스위스 사람이면 좋겠어." 조지가 말했다.

"저 사람들은 모두 갑상선에 염증이 있대." 닉이 말했다.

"난 그 말 안 믿어." 조지가 말했다.

"나도 안 믿어." 닉이 말했다.

그들은 웃었다.

"어쩌면 다시는 같이 스키를 탈 수 없을지도 몰라, 닉." 조지가 말했다.

"같이 타야 해." 닉이 말했다. "네가 안 타면 나도 안 탈 거야."

"자, 이제 가자." 조지가 말했다.

"그래, 가야지." 닉이 동의했다.

"다음에 또 같이 타자고 약속할 수 있으면 좋겠다." 조지가 말했다.

닉은 일어서서 윈드 재킷을 꽉 여몄다. 그러고는 조지 쪽으로 몸을 숙여 벽에 세워져 있는 두 개의 스키 스틱을 잡고는 그 하나로 마루를 짚으며 말했다.

"약속한다고 소용 있겠어."

그들은 문을 열고 밖으로 나왔다. 밖은 매우 추웠다. 눈이 딱딱하게 쌓여 있었다. 길은 언덕 너머 소나무 숲까지 뻗어 있었다.

그들은 술집 벽에 세워져 있던 스키를 내렸다. 닉은 장갑을 꼈다. 조지는 어느새 스키를 어깨에 둘러멘 채 걸음을 옮기고 있었다. 이제 그들은 함께 미국으로 돌아갈 것이다.

길거리에서 북소리와 피리 소리가 들려왔고, 모퉁이에서 사람들이 춤을 추며 나타났다. 거리는 사람들로 가득 찼다. 마에라는 그를 보았고, 나도 그를 보았다. 음악이 멈추고 사람들이 길에 웅크리고 앉자 그도 사람들과 함께 앉았고, 음악이 다시 시작되자, 그는 사람들과 함께 다시 일어서서 춤을 추며 길을 따라 내려갔다. 그는 분명 취해 있었다.

네가 가서 데려와. 마에라가 말했다. 저놈은 나 싫어하잖아.

그래서 나는 사람들을 따라 내려가, 음악이 시작되기를 기다리며 웅크려 앉아 있는 그 녀석을 붙잡고 말했다. 루이스, 제발 말 좀 들어. 오늘 오후에 투우를 해야 하잖아. 그러나 그는 내 말은 듣지 않고 음악이 시작되는지에만 귀를 기울이고 있었다.

내가 말했다. 바보짓 좀 하지 마, 루이스. 호텔로 돌아가자.

그때 음악이 다시 시작됐고, 그는 벌떡 일어나 나에게서 몸을 돌리더니 춤을 추기 시작했다. 나는 그의 팔을 잡았지만, 그는 뿌리치며 말했다. 날 좀 내버려둬. 당신이 내 아빠야?

나는 호텔로 돌아왔다. 내가 그를 데려올지 발코니에서 내려다보고 있던 마에라는 나를 발견하고는 안으로 들어갔고, 잠시 후 넌더리가 난다는 표정으로 아래층으로 내려왔다.

내가 말했다. 그 녀석은 이러니저러니 해도 결국 무식한 멕시코 야만인이었어.

그래. 마에라가 말했다. 그런데 그 녀석이 없으면 누가 황소를 죽이지?

우리가 죽여야지. 내가 말했다.

그래. 우리가 죽어야 해. 마에라가 말했다. 그 야만인들의 소, 술고래들의 소, 춤추는 자들의 소를. 그래. 우리가 죽여야 해. 그래야 하고 말고. 그래, 그래, 그래.

우리 아버지

지금 생각해보면 우리 아버지는 살이 찌는 체질이었고, 주위에서 흔히 볼 수 있는 좀 통통한 사람이었다. 그렇지만 아주 뚱뚱하지는 않았다. 말년에는 조금 그렇게 됐지만. 그건 아버지의 잘못이 아니라 체질 탓이었고, 그래서 아버지는 되도록 장애물 경기만 했다. 나는 아버지가 스웨터 두 벌 위에 고무 셔츠를 껴입고 다시 커다란 운동복을 입던 모습을 아직도 기억하고 있다. 그런 다음 오전의 뜨거운 햇살 아래서 나와 함께 달렸다. 아마 아버지는 새벽 4시에 토리노에서 돌아와 라조의 말들 중 하나를 타고 연습한 다음이었을 것이다. 모든 것에 이슬이 맺히고 해가 떠오를 때가 되면 나는 아버지의 부츠를 벗겨드렸고, 아버지가 운동화로 갈아 신고 스웨터를 겹쳐 입으면 우리는 함께 달리곤 했다.

"이리 와." 기수 탈의실에서 제자리 뛰기를 하며 아버지는 말했다. "어서 출발하자."

그러면 앞장선 아버지와 나는 트랙을 한 바퀴 멋지게 돈 다음 경마장 문을 나서서, 산시로*를 가로지르는 가로수 길을 달리곤 했다. 도로로 나가면 내가 아버지를 앞질렀는데, 힘차게 달리다 돌아보면 아버지는 바로 뒤에서 어렵지 않게 따라오고 있었다. 그러나 잠시 후에 다시 뒤돌아보면, 아버지는 땀을 흘리고 있었다. 땀에 흠뻑 젖어 내 등을 바라보며 따라오던 아버지는, 돌아보는 내 눈을 보고 빙그레 웃으며 "땀이 많이 나지?" 하셨다. 아버지가 그렇게 웃으면 나도 같이 웃을 수밖에 없었다. 계속해서 산을 향해 달리다 아버지가 불러 돌아보면, 아버지는 허리에 차고 있던 타월을 목에 두른 채 나무 밑에서 쉬고 있었다.

내가 되돌아와서 아버지 옆에 앉으면, 아버지는 주머니에서 로프를 꺼내 햇볕 아래서 얼굴에 땀을 뻘뻘 흘리며 줄넘기를 하곤 했다. 하얀 먼지 속에서 휙휙 로프를 돌리다가 해가 더 뜨거워지면 길 한쪽으로 가서 더 열심히 줄넘기를 했다. 아버지가 줄넘기를 하는 모습은 좋은 구경거리였다. 아버지는 아주 빠르게도, 또 아주 느리게도 멋지게 줄넘기를 할 수 있었다. 수레를 끄는 하얀 소를 데리고 마을로 가던 이탈리아인들이 우리

*이탈리아 밀라노에 있는 지역. 경마장과 축구장으로 유명하다.

를 바라보던 모습을 당신도 봤다면 좋으련만. 그들은 아버지가 미쳤다고 생각하는 것 같았고, 죽은 듯 조용히 서서 아버지의 묘기를 바라보다가, 뭐라고 하며 소를 막대기로 찌르더니 다시 길을 떠났다.

뜨거운 태양 아래서 운동하는 아버지를 보고 있으면 아버지가 좋아졌다. 아버지는 확실히 재미있는 분이었고, 운동을 열심히 했다. 아버지는 얼굴의 땀을 물처럼 뿌리며 줄넘기를 마무리 지은 다음, 로프를 나무에 던지고는 목에 타월과 스웨터를 건 채 내 옆에 앉아 나무에 등을 기댔다.

"체중을 줄이려면 이렇게 힘이 든단다, 조." 아버지는 기대 앉아 눈을 감고 길고 깊게 숨을 쉬면서 말했다. "젊었을 때하고는 달라." 그런 다음 별로 쉬지도 않고 바로 일어나 마구간까지 조깅을 하며 돌아갔다. 그는 그런 식으로 체중을 줄여나갔다. 아버지는 체중 때문에 늘 걱정했다. 대부분의 기수들은 경기에 출전할 때마다 1킬로그램 정도씩 체중이 빠졌다. 그러나 아버지는 체질이 달라서인지 운동을 하지 않고는 체중을 줄일 수 없었다.

한번은 산시로 경마장에서, 레골리라는 작은 이탈리아인이 체중을 재고 잔디밭에서 나와 부츠를 채찍으로 치며 시원한 걸 마시려고 야외 바로 들어가는 것을 봤다. 아버지도 체중을 재고 팔 밑에 안장을 끼고 나왔는데, 얼굴은 붉고 피곤해 보였으며 실크 옷이 작아 보였다. 아버지는 야외 바에 서 있는, 멋지고 아이처럼 젊은 레골리를 바라보고 있었다. 나는 레골리가 아버지를 쳤거나 무슨 다른 짓을 해서 아버지가 그를 노려보는 걸로 생각하고 물었다. "무슨 일이에요, 아빠?" 아버지는 그저 계속 레골리를 노려보다가 "빌어먹을" 하며 탈의실로 들어갔다.

우리가 밀라노와 토리노에만 머물며 경마를 했더라면 아무 문제도 없었을 것이다. 그 두 곳이 가장 쉬운 경마 코스였기 때문이다. "별거 아냐, 조." 아버지는 이탈리아인들이 엄청 어렵다고 생각하는 경기에서 우승한 후 말에서 내리면서 말했다. 한번은 내가 왜 이 코스가 쉽냐고 물었다. "이 코스는 저절로 가게 돼 있기 때문이지. 점프를 위험하게 하는 건 언제나 속도야. 속도만 안 내면 말들도 저절로 점프를 잘하게 돼. 그러니 문제를 일으키는 건 언제나 점프가 아니라 속도야."

산시로 경마장은 내가 본 경마장 중 가장 멋졌다. 그러나 아버지는 그 시절 힘들어 죽겠다는 말을 달고 사셨다. 미라피오레와 산시로를 이틀에 한 번씩 기차로 오가며 매주, 날마다 경기를 했기 때문이다.

나도 말을 좋아했다. 기수들이 나와 트랙을 달릴 때면 무언가가 나를 가슴 설레게 했다. 처음에는 말고삐를 꽉 쥐었다가 점차 풀면서 속력을 내는 기수의 긴장된 몸짓은 일종의 춤처럼 보였다. 그러다가 그들이 장애물에 도달하면 내 흥분은 극에 달했다. 커다랗고 푸른 경기장과 멀리로 산이 보이는 산시로 경마장에서는 특히 더 흥분되었다. 커다란 채찍을 들고 서 있는 뚱뚱한 신호수들, 말에 올라타 꼼지락거리는 기수들, 그 앞에 펼쳐진 장애물들, 그러다가 벨이 울리면 말들이 한꺼번에 달려 나갔다. 당신도 말들이 무리 지어 달려 나가는 모습을 상상할 수 있을 것이다. 관중석에서 쌍안경으로 보면 멀리서 말들이 돌진하는 모습과, 천년 동안이나 지속될 것 같은 벨 소리, 그리고 말들이 모퉁이를 돌아 나타나는 모습을 볼 수 있었다. 그보다 더 멋진 광경은 없었다.

그러던 어느 날 아버지는 탈의실에서 평상복으로 갈아입으며 말했다. "여기 말들은 말이라고 할 수가 없어, 조. 파리 같으면 도살장에 보내져 가죽이나 말굽만 남았을 거야." 그날은 아버지가 탄 란토르나가 마지막 수백 미터를 병에서 코르크 마개가 빠져나가듯 질주해, 프레미오 코메르치오 상을 받은 날이었다.

그 상을 받은 며칠 후 우리는 짐을 싸서 이탈리아를 떠났다. 아버지와 홀브룩, 그리고 손수건으로 자주 얼굴을 훔치는, 밀짚모자를 쓴 뚱뚱한 이탈리아인이 갈레리아*의 테이블에 앉아 프랑스어로 말다툼을 벌였다. 두 사람은 뭔가에 대해 아버지를 추궁했다. 마침내 아버지는 침묵하더니, 홀브룩만 바라보았다.

*밀라노 중심가에 있는 아케이드형 쇼핑센터. 정식 명칭은 갈레리아 비토리오 엠마누엘 II로, 스칼라 광장, 두오모 광장과 연결되어 있다. 일반명사로 대형 쇼핑몰을 가리키기도 한다.

두 사람은 교대로 아버지를 몰아붙였으며, 이탈리아 뚱보는 늘 홀브룩의 말에 끼어들었다.

"나가서 〈스포츠맨〉 좀 사다주겠니, 조?" 아버지가 홀브룩에게서 눈을 떼지 않고, 내게 돈을 주시며 말했다.

나는 갈레리아를 떠나 스칼라 앞으로 가서 신문을 산 후, 돌아와서 방해가 되지 않도록 좀 떨어진 곳에 서 있었다. 아버지는 의자에 기대앉아 커피를 내려다보며 하릴없이 스푼으로 장난을 치고 있었고, 홀브룩과 덩치 큰 이탈리아인은 서 있었다. 이탈리아인은 연신 얼굴의 땀을 닦으며 고개를 흔들었다. 나는 아버지에게 다가갔고, 아버지는 마치 그 두 사람이 옆에 서 있는 걸 모르는 듯 내게 말했다. "아이스크림 먹을래, 조?" 홀브룩은 아버지를 내려다보더니, 천천히 조심스럽게 말했다. "개자식!" 그러더니 뚱보 이탈리아인과 함께 테이블들 사이를 뚫고 가버렸다.

아버지는 내게 미소를 지으려 했으나, 얼굴은 창백했고 아픈 것처럼 보였다. 나는 무섭고 토할 것 같았다. 무슨 일이 생긴 게 분명했기 때문이다. 누가 어떻게 아버지를 '개자식'이라고 부르고 무사히 사라질 수 있는지 알 수가 없었다. 아버지는 〈스포츠맨〉을 펼치고 핸디캡이 붙은 경마 기사를 유심히 읽더니, "이 세상에서 살려면 많은 것을 참아야만 한단다, 조"라고 말했다. 그리고 사흘 후에 우리는 영원히 밀라노를 떠나 파리행 토리노 기차를 탔다. 들고 갈 수 없는 것들은 터너의 마구간

앞에서 경매로 팔아버린 후에.

　우리는 아침 일찍 파리에 도착했는데, 아버지는 길고 더러운 그곳이 리옹 역이라고 알려주었다. 밀라노와 달리 파리는 거대한 도시였다. 밀라노에서도 많은 사람들이 어딘가로 가고 전차들도 어딘가로 달려갔지만, 혼란하게 보이지 않았다. 파리는 극도로 혼란스러웠지만, 아무도 바로잡으려 하지 않았다. 그러나 나는 부분적으로는 파리가 좋았고, 거기엔 세계에서 가장 좋은 경마 코스가 있었다. 마치 경마가 파리를 움직이는 것 같았으며, 어디서 경마가 열리든 매일 그곳으로 가는 버스들이 있었다. 나는 파리를 잘 알지는 못했는데, 아버지와 함께 메종에서 일주일에 한두 번만 파리 시내로 나왔기 때문이다. 아버지는 같이 나온 무리들과 늘 오페라 극장 쪽 카페 드 라 패에만 앉아 있었고, 나는 거기가 파리 번화가 중 하나일 거라 추측했다. 하지만 파리처럼 큰 도시에 갈레리아가 없다니 우스웠다.

　우리는 메이에르 부인이 하숙을 치는 메종 라피트에서 살았는데, 샹티이 경마장 기수들 말고는 대부분 거기서 살았다. 그 마을은 내가 살아본 곳 중 가장 멋진 곳이었다. 마을 자체는 별 볼일 없었지만, 근처에 나 같은 아이들이 하루 종일 빈둥거릴 수 있는 호수와 멋진 숲이 있었다. 우리는 아버지가 만들어 준 새총으로 많은 걸 잡았는데, 그중 최고는 까치였다. 하루는 딕 앳킨슨이 새총으로 토끼를 잡았다. 우리는 그걸 나무 밑에 놓고 빈둥거렸고 딕은 담배를 피웠다. 그때 갑자기 그 토끼가 펄

쩍 뛰어오르더니 숲 속으로 도망쳐버렸다. 우리는 뒤쫓아 갔지만 토끼는 보이지 않았다. 메종 라피트에서의 생활은 정말로 즐거웠다. 메이에르 부인이 아침에 점심을 싸주면 나는 하루 종일 밖에 나가 놀곤 했다. 프랑스어도 빨리 배웠다. 배우기 쉬운 말이었다.

　메종에 정착하자마자 아버지는 기수 자격증을 보내달라고 밀라노에 편지를 썼고, 그게 도착할 때까지 꽤나 노심초사하셨다. 아버지는 메종 건물에 있는 카페 드 파리에서 사람들과 빈둥거리며 시간을 죽였는데, 그들 중 상당수가 전쟁 전에 아버지가 파리에서 기수로 일할 때부터 알던 동료 기수들이었다. 그들이 그렇게 빈둥거릴 수 있던 건, 아침 9시면 경마 마사에서의 일이 다 끝나기 때문이었다. 그들은 새벽 5시 반에 첫 번째 조의 말들을 달리게 했고, 아침 8시에 두 번째 조의 말들을 달리게 했다. 즉 그들은 아침에 일찍 일어나고 저녁에도 일찍 잤다. 기수들은 다른 사람의 시선 때문에라도 술을 많이 마시지 못했는데, 어린 기수는 조련사가 눈여겨보기 때문이고, 어리지 않은 기수들은 스스로가 자신을 감시하기 때문이었다. 그래서 대개의 기수들은 일하지 않을 때면 카페 드 파리에서 베르무트나 셀처 같은 마실 것을 놓고 동료 기수들과 노닥거리는 게 일과였다. 이런저런 얘기도 하고 당구도 치면서. 그래서 그곳은 마치 클럽이나 밀라노의 갈레리아처럼 보였다. 다른 점이 있다면, 갈레리아에는 기수 말고 다른 사람들도 많이 앉아 있었다는 거다.

아버지는 무사히 자격증을 받았다. 그들은 아무런 설명 없이 자격증을 보냈으며, 아버지는 북쪽의 아미엥 같은 곳에서 두 번 정도 말을 탔다. 하지만 계약을 따내진 못한 것 같았다. 모두가 아버지를 좋아했고, 내가 오전에 카페에 들어갈 때마다 아버지는 다른 사람과 술을 마시고 있었다. 아버지는 1904년 세인트루이스 만국박람회에서 말을 타면서 처음으로 돈을 번 사람들과 달리 쩨쩨하지 않았기 때문이다. 아버지가 조지 번스를 놀릴 때면 늘 그렇게 말하곤 했다. 하지만 아버지에게 말을 탈 기회를 주려는 사람은 없었다.

우리는 날마다 메종에서 출발해 경마가 열리는 곳으로 갔고, 그건 가장 신나는 일이었다. 나는 말들이 여름에 도빌에서 돌아오는 게 기뻤다. 그럼 우리는 더 이상 숲에서 빈둥거리지 않고 앙기엥이나 트랑블레, 또는 생클루로 가서 조련사와 기수들의 관람석에서 경마를 구경했다. 나는 그 무리와 함께 다니며 경마에 대해 많은 것을 배우고 매일매일 재미있게 보냈다.

한번은 일곱 마리의 말이 출전하는 20만 프랑짜리 경기를 보러 생클루에 갔는데, 차르라는 말이 단연 인기였다. 나는 아버지와 함께 경마장에 딸린 작은 목장으로 가서 출전하는 말들을 보았다. 생전 처음 보는 멋진 말들이었다. 몸집이 크고 노란 차르가 머리를 숙이고 잔디밭을 돌며 내 곁을 지나갈 때, 그 아름다움에 그만 정신이 아득해졌다. 그 말은 달리기에 적합한 날씬한 체격이었으며, 아주 우아하고 조용하고 조심스럽게 잔디밭을 걸었고, 자기가 무엇을 해야 하는지 잘 아는 것 같았다. 팔아치우려고 마약을 주사한 말처럼 몸을 흔들거나 앞발을 올려 서거나 눈에 핏발이 서리지도 않았다. 그 말을 다시 자세히 보고 싶었지만, 차르를 보려고 모여든 구경꾼들이 하도 많아서 움직이는 다리와 노란색 털만 겨우 볼 수 있었다. 사람들을 헤치고 아버지의 뒤를 따라 숲에 있는 기수들의 탈의실 앞으로 가니, 그곳에도 구경꾼들이 많았다. 중산모를 쓴 사람이 아버지에게 고개를 끄덕이더니 우리를 안으로 들여보냈다. 기수복을 다 갖춰 입은 기수들도 있고, 입고 있거나 부츠를 신고 있는 기수들도 있었다. 실내는 더웠고, 땀 냄새와 피부에 바르는 약 냄새로 가득했다. 구경꾼들이 바깥에서 그 모습을 들여다보고 있었다. 아버지는 바지를 입고 있는 조지 가드너에게 다가가서 일상적인 목소리로 물었다. "어떻게 될 거 같아, 조지?" 아버지가 굳이 주위를 의식하지 않은 것은 조지가 대답을 할 수도 있고 안 할 수도 있기 때문이었다.

"못 이길 거야." 조지가 바지 단추를 잠그면서 아버지에게 몸을 기대며 낮은 목소리로 말했다.

"그럼 어느 놈이 이겨?" 아버지는 아무도 듣지 못하게 그에게 바짝 붙으며 물었다.

"커큐빈이야. 정말로 커큐빈이 이기면 내게도 마권 두 장을 줘."

아버지가 다시 조지에게 뭐라고 말하자, 조지는 "아무 말에나 걸지 마"라고 했다. 우리는 거기서 나와 경기장을 주목하고 있는 군중을 지나 100프랑짜리 마권 발매소로 갔다. 조지가 차르의 기수였기 때문에, 나는 무슨 큰 음모가 있다는 걸 알아채고 있었다. 아버지는 최종 예상 배당률이 적힌 노란색 표를 받았는데, 차르는 10에 대해 5만 할당되고, 세피시도르는 1에 대해 3, 명단의 다섯 번째에 있는 커큐빈은 1에 대해 8이 할당되었다. 아버지는 커큐빈이 우승하는 데 5000프랑, 3위 안으로 입상하는 데 1000프랑을 걸었다. 우리는 지붕이 씌워진 특별관람석 뒤를 돌아 경주를 볼 수 있는 자리로 갔다.

우리는 많은 사람들 사이에 끼어 있었다. 처음에는 큰 회색 모자에 긴 코트를 입고 접힌 채찍을 든, 서커스 단장처럼 보이는 남자가 나왔고, 그 뒤로 기수를 태운 말들이 마구간지기 소년들에게 고삐를 쥐인 채 일렬로 나타났다. 체격이 크고 노란 차르가 선두로 나왔다. 처음에는 얼마나 큰지 잘 모르지만, 다리 길이와 전체 체격과 움직이는 모습을 보면 정말로 크다는 걸 알 수 있었다. 정말이지 그런 말은 처음이었다. 조지 가드너가 차르를 타고 있었고, 그 뒤로 토미 아치볼드를 태운 잘생긴 흑마가 햇볕에 노란색으로 빛나며 부드럽게 걸어 나오고 있었다. 그 뒤로 다섯 마리의 말들이 행렬을 지어 특별관람석과 기수들의 체중 측정 장소를 천천히 지났다. 아버지는 그 흑마가 커큐빈이라고 가르쳐줬다. 자세히 살펴보니, 멋지게 생긴 말이었지만 차르보다는 훨씬 못했다.

차르가 지나가자 모두가 그 말을 응원했는데, 정말이지 멋진 말이었다. 그 행렬은 특별관람석 반대편으로 이어지다가, 경주 코스의 끝 쪽으로 다시 돌아왔다. 서커스 단장 같은 남자의 지시가 떨어지자 마구간지기 소년들은 차례차례 말고삐를 놓아, 말들이 관중석을 돌아 출발 지점까지 갤럽*하게 했다. 관중이 말들의 움직임을 잘 볼 수 있게 하기 위해서였다. 말들이 출발 지점에 도착하자마자 공이 울렸고, 말들은 수많은 장난감 말들처럼 한꺼번에 무리 지어 출발했다. 망원경으로 바라보니, 차르는 뒤처져서 적갈색 말과 보조를 맞춰 달리고 있었다. 말들은 재빨리 지축을 흔들며 우리 앞을 지나갔는데, 차르는 여전히 뒤에 처져 있었고, 커큐빈은 선두에서 부드럽게 달리고 있었다. 말들이 눈앞을 지나갈 때 엄청난 스릴이 느껴졌다. 말들은 점점 작아지며 멀어져갔다. 말들이 커브를 돌며 한 덩어리가 되어 직선 코스로 달려오자, 사람들은 흥분해서 욕을 퍼부었다. 드디어 마지막 바퀴를 돈 말들이 직선 코스로 진입해 골인 지점을 향해 달려오고 있었다. 커큐빈이 선두였다. 모두가 어리둥절해져서 절망적인 목소리로 "차르"를 불렀다. 말들이 폭풍처럼 몰아쳐 오는 그 순간 갑자기 노란색 말 머리가 뒤에서 뛰쳐나왔고, 관중들은 미친 듯이 "차르"를 연호했다. 내

*말이 네 발을 모두 땅에서 떼고 뛰는 것.

가 본 그 어느 말보다 빨리 달렸고, 역시 기수를 날려 보낼 듯이 달리고 있는 흑마 커큐빈과 잠시 나란해졌다. 그러나 점프하면서 결승점으로 들어오는 속도는 차르가 두 배는 빠른 것 같았다. 그들은 막상막하로 결승점을 지났다. 승자는 2번, 즉 커큐빈이었다.

나는 몸이 덜덜 떨리고 기분이 이상했다. 우리는 많은 사람들과 섞여 아래층으로 내려가 커큐빈의 배당금을 써 붙인 게시판 앞에 섰다. 경기를 구경하느라, 나는 아버지가 커큐빈에게 얼마를 걸었는지 까맣게 잊고 있었다. 나는 차르가 이기기를 간절히 바랐으나 이제 승부는 결정됐고, 우리가 이겨서 기분이 좋았다.

"정말 멋진 경기였어요. 그렇죠, 아빠?" 내가 말했다.

아버지는 중산모를 머리 뒤에 걸친 채 묘한 시선으로 나를 바라보며 말했다. "조지 가드너는 정말 대단한 기수야. 차르를 못 이기게 한 걸 봐."

물론 나는 내내 뭔가 이상하다는 걸 알고 있었지만, 아버지가 그렇게 직설적으로 말하자 흥이 다 깨져버렸다. 좋았던 기분은 다시는 회복되지 않았다. 심지어 배당금 지불 벨이 울리고, 커큐빈의 배당금이 10에 67.5나 되는 걸 게시판에서 확인했을 때도. 모여든 사람들은 모두 "가엾은 차르! 가엾은 차르!"를 연발했다. 나는 그 개자식 대신 내가 기수가 되어 차르를 타고 싶었다. 내가 언제나 좋아했고 더구나 우리를 이기게 해준 조지 가드너를 개자식이라고 부르는 건 이상했지만, 그래도 개자식이 틀림없었다.

아버지는 그 경기에서 큰돈을 벌어 파리에 좀 더 자주 나올 수 있었다. 트랑블레에서 경마가 있을 때면 아버지는 기수들에게 메종으로 돌아가는 길에 자기를 파리 시내에 내려달라고 부탁했고, 아버지와 나는 카페 드 라 패에 앉아 지나가는 사람들을 구경하곤 했다. 거기 앉아 있는 건 즐거웠다. 수많은 사람들이 지나갔고, 온갖 부류의 사람들이 와서 물건을 팔려고 했다. 거기 아버지와 같이 앉아 있는 게 좋았다. 그때가 가장 즐거운 시절이었다. 동그란 손잡이를 누르면 점프를 하는 토끼 인형을 파는 남자들도 있었는데, 아버지는 그들과 농담을 주고받았다. 아버지는 영어만큼 유창하게 프랑스어를 했고, 모든 사람들이 아버지를 알아보았다. 기수는 금방 눈에 띄게 마련이며, 우리는 늘 같은 테이블에 앉아 있었기 때문이다. 아버지를 알아보는 사람들 중에는 결혼 서류를 파는 남자도 있었고, 누르면 수탉이 튀어나오는 계란 장난감을 파는 여자도 있었다. 늙은 벌레처럼 생긴 남자는 파리의 그림엽서를 팔았는데, 물론 아무도 사지 않았다. 그가 나중에 다시 돌아와 카드 밑에 감춘 춘화를 보여주면, 사람들은 너도나도 그걸 샀다.

그 외에도 재미있는 사람들이 많았다. 저녁때가 되면 저녁밥을 사줄 남자들을 기다리는 젊은 여자들이 아버지에게 말을 걸었고, 아버지는 그녀들에게 프랑스어로 농담을 던졌다. 그럼 그녀들은 내가 귀엽다며 이마를 만져주곤 했다. 한번은 미국인 모녀가 바로 우리 옆 테이블에 앉아 아이스크림을 먹고 있었는데, 나는 그 딸이 너무도 예뻐서 계속 바라봤다. 내가 미소 짓자 그 애도 미소로 답했다. 그러나 그게 전부였다. 그날 이후 나는 날마다 그 모녀를 찾았고, 만나면 할 말도 생각해놓고, 친해지면 내가 자기 딸을 데리고 오퇴유나 트랑블레로 가는 걸 그 어머니가 허락해줄지도 모른다는 상상도 했다. 그러나 다시는 그들을 만나지 못했다. 사실 만났어도 결과는 좋지 않았을 것이다. 기껏해야 '실례지만, 오늘 앙기엥 경마에서 우승할 말을 가르쳐드릴까요?'라고 말했을 테고, 그 어머니는 나를 우승마를 가르쳐주는 사람이라고 생각하기보다는 작업을 거는 건달로 여겼을 테니까.

아버지와 나는 여전히 카페 드 라 패에서 빈둥거렸고, 웨이터는 우리를 좋아했다. 아버지가 5프랑짜리 위스키를 마시고 팁도 많이 주기 때문이었다. 당시 아버지는 그 어느 때보다 술을 많이 마셨다. 더 이상 경기에 나갈 수 없었기 때문이기도 하고, 술이 체중을 줄여준다고 생각했기 때문이었다. 그러나 아버지의 체중은 계속 늘어만 갔다. 아버지는 메종의 옛 친구들과도 멀어졌으며, 나와 같이 대로에 앉아 있는 걸 좋아했다. 아버지는 날마다 경마에 돈을 쏟아부었고, 경마에서 지는 날이면 우울해져서 우리가 늘 앉는 테이블에서 위스키를 마시며 기분을 풀곤 했다.

아버지는 〈파리 스포츠〉 신문을 읽다가 나를 보며 "네 여자 친구는 어디 있니?" 하고 놀리곤 했다. 내가 옆 테이블에 앉았던 모녀 이야기를 했기 때문이었다. 그러면 내 얼굴은 빨개졌지만, 그런 놀림을 받는 게 싫지만은 않았다. 오히려 기분이 좋아졌다. "눈을 잘 뜨고 지켜봐, 조. 그 애는 분명 돌아올 거야." 아버지는 그렇게 말했다.

아버지는 내게 이것저것 물어보고, 내 어떤 대답에는 웃기도 했다. 그러고는 이런저런 이야기를 해주었다. 이집트에서 말을 탔던 얘기, 어머니가 돌아가시기 전에 생모리츠에서 빙판길에 말을 탔던 얘기, 전쟁 중에 프랑스 남부에서 내기도 관중도 없이 경주마들의 혈통 유지를 위해 경기를 했던 얘기, 그리고 미친 듯이 말을 탔던 정규 경기 얘기까지. 술을 몇 잔 걸쳤을 땐 몇 시간이고 수다가 이어졌다. 어렸을 때 켄터키에서 했던 곰 사냥을 비롯해 미국이 엉망이 되기 전에 있었던 추억들을. 그러고는 이렇게 말했다. "조, 우리가 경마로 돈을 좀 벌면, 넌 미국으로 돌아가 학교를 다녀."

"미국이 엉망이라면서 왜 거기 가서 학교를 다녀요?"

"그건 달라." 아버지는 그렇게 말하고는 웨이터를 불러 계산을 했다. 그러고는 생라자르 역까지 택시를 타고 가서 기차를 타고 메송으로 놀아갔다.

하루는 오퇴유에서 장애물 경주가 끝난 후 말을 파는 행사가 열렸고, 아버지는 거기서 3만 프랑에 우승마를 샀다. 돈은 꽤 들었지만 드디어 말을 구입한 아버지는, 일주일이 지나지 않아 허가증과 깃발을 받았다. 아버지가 마주(馬主)가 되자 나는 자랑스러웠다. 아버지는 찰스 드레이크와 교섭해 마사를 얻었으며, 파리로 나오는 횟수는 줄어드는 반면 땀 흘리기와 달리기가 다시 시작되었다. 아버지와 나는 마주였고, 우리 말의 이름은 길퍼드였다. 길퍼드는 아일랜드 혈통이었고 장애물 넘기를 잘했다. 아버지는 길퍼드를 잘 훈련시키는 게 투자라고 생각했다. 나는 모든 것이 자랑스러웠고, 길퍼드가 차르만큼이나 좋은 말이라고 생각했다. 적갈색 길퍼드는 정말로 장애물을 잘 넘었고, 평지에서도 스피드가 대단했으며, 아주 잘생긴 말이었다.

나는 그 말을 아주 좋아했다. 길퍼드가 아버지를 태우고 2500미터 장애물 경기에 처음 출전했을 때 3등을 했다. 아버지가 땀을 뒤집어쓴 채 말에서 내려 체중을 재려고 들어갔을 때, 나는 아버지가 첫 입상을 했을 때만큼이나 자랑스러웠다. 기수가 오랫동안 말을 타지 않으면, 사람들은 그가 전에 기수였다는 걸 믿지 않는다. 그러나 이제는 모든 게 달라졌다. 밀라노에서는 나는 아무리 큰 시합이라도 별 관심이 없었고, 심지어 아버지가 이겨도 흥분하지 않았었다. 그러나 이제는 경기 전날 잠을 이룰 수 없었고, 내색은 안 했지만 아버지도 마찬가지였다. 남을 위해 달리는 것과 자기 자신을 위해서 달리는 것에는 큰 차이가 있었다.

길퍼드와 아버지가 두 번째 경주에 출전한 날은 비오는 일
요일이었다. 오퇴유에서 벌어진 4500미터 장애물 경기였다.
나는 아버지가 사준 망원경을 들고 관중석으로 올라갔다. 기수
들이 출발선에 섰을 때, 장애물 앞에서 문제가 생겼다. 눈가리
개를 착용한 말 한 마리가 소란을 피우며 돌아다니다가 장애물
과 부딪혔기 때문이다. 검은 모자를 쓰고 흰 십자가가 있는 검
은 재킷을 입은 아버지는, 자신이 탄 길퍼드를 쓰다듬었다. 공
이 울리자, 그들은 허공으로 솟아오르더니 숲 뒤로 사라졌다.
마권을 산 사람들이 들썩거렸고, 나 역시 흥분했지만 그들을
보기가 두려웠다. 그래도 그들이 다시 튀어나올 숲에 망원경을
고정시켰다. 이윽고 검은 재킷을 입은 아버지와 길퍼드가 새처
럼 날아 세 번째로 튀어나왔다. 그런 다음 시야에서 사라졌다
가 다시 튀어나와 마치 한 몸이 된 듯 언덕을 멋지게 내려왔다
가 울타리를 넘어 사라져갔다. 출전한 말들이 어찌나 한 덩어
리로 부드럽고 우아하게 움직이는지, 그들 등 위로 걸을 수도
있을 것 같았다. 말들은 이중 장애물 위로 뛰어올랐는데, 그중
하나가 쓰러졌다. 그게 어떤 말인지 알 순 없었지만, 금방 일
어나 다시 뛰기 시작했다. 말들은 한꺼번에 좌회전을 해 돌담
을 넘어 직선 코스로 들어선 다음, 관중석 바로 앞에 있는 커다
란 물웅덩이를 향해 달려오고 있었다. 아버지의 모습이 보이자
나는 소리를 질렀다. 아버지는 간발의 차로 앞서고 있었고, 원
숭이처럼 가볍게 움직이고 있었다. 말들이 물웅덩이 위에 놓인

장애물 위를 한꺼번에 뛰어올랐을 때, 충돌이 일어났다. 말 두 마리가 옆으로 쓰러져 굴렀고, 세 마리는 겹쳐서 쓰러졌다. 아버지는 보이지 않았다. 한 기수가 고삐를 잡아 자기 말을 일으켜 세운 다음, 입상금이라도 타려고 질주하기 시작했다. 또 한 마리가 일어서 머리를 흔들더니 고삐를 늘어뜨린 채 달려갔으며, 말에서 떨어진 기수는 트랙 한편으로 나가 담을 짚고 비틀거리며 걸었다. 그러자 길퍼드가 아버지 위로 몸을 굴리며 일어나서 한쪽 말굽이 부러져 덜렁거리는데도 세 발로 달려 나갔다. 쓰러져 누워 풀밭에 얼굴을 묻고 있는 아버지의 머리 한쪽은 피투성이였다. 나는 사람들과 부딪히며 관중석을 뛰어 내려가서 난간 쪽으로 갔다. 경관이 나를 붙잡았고, 들것을 든 두 사람이 아버지에게로 달려갔다. 코스 반대편에서는 세 마리의 말이 연이어 장애물을 넘으려 하고 있었다.

그들이 아버지를 데려왔을 때, 아버지는 이미 죽어 있었다. 의사가 아버지의 귓속에 뭔가를 넣고 심장 소리를 들으려 할 때 총소리가 났다. 길퍼드를 사살하는 소리였다. 사람들이 아버지를 들것에 실어 병실로 옮길 때, 나는 들것을 붙잡고 울고 또 울었다. 죽은 아버지는 너무나 창백했고 끔찍했다. 그 와중에도 나는 기왕에 아버지가 돌아가셨는데 길퍼드까지 죽일 필요는 없지 않았나 생각했다. 어쩌면, 말굽은 나을 수도 있었을 텐데. 난 아버지를 끔찍이 사랑했었다.

두 남자가 들어와 그중 하나가 내 등을 도닥거린 다음 아버지에게로 가서 살펴보더니, 간이침대 시트를 벗겨 아버지 위에 덮었다. 다른 남자는 전화를 걸어 앰뷸런스로 아버지를 메종으로 데려가라고 했다. 나는 울음을 멈출 수 없어 울고 또 울다가 숨이 막혔다. 조지 가드너가 다가와 내 옆에 앉더니 내 어깨에 팔을 두르고 말했다. "조, 일어나서 밖에 나가 앰뷸런스를 기다리자."

조지와 나는 문밖으로 나갔고, 내가 울음을 멈출 때쯤 조지가 손수건을 꺼내 내 얼굴을 닦아주었다. 문밖에 몰려 있는 사람들을 피해 그들이 떠나기를 기다리고 있는데, 두 남자가 우리 옆에 다가와 섰다. 그중 하나가 마권 다발을 세면서 말했다. "버틀러는 죽음을 자초한 거야."

그러자 다른 남자가 말했다. "그 사기꾼이 죽은 것엔 관심도 없어. 잔재주를 부리다가 그렇게 된 거잖아."

"맞아." 다른 남자가 말하며, 마권 다발을 절반으로 찢었다.

조지 가드너는 내가 그 사람들 말을 들었는지 살핀 다음 말했다. "저런 건달들 얘기는 들을 필요 없어. 아버지는 좋은 분이셨어."

하지만 나는 모르겠다. 한번 시작되면, 그것은 철저히 사람을 망쳐놓고야 마는 것 같다.

마에라는 머리는 팔에, 얼굴은 모래에 묻은 채 조용히 누워 있었다. 피가 흘러 몸이 축축하고 따뜻해졌다. 그는 다가오는 황소 뿔을 매번 느낄 수 있었다. 때로 황소는 머리로만 그를 들이받기도 했다. 소의 뿔이 그의 몸을 관통하자, 그는 모래에 처박혔다. 누군가가 소의 꼬리를 붙잡았고, 사람들은 소에게 욕을 하며 소의 눈앞에서 빨간 망토를 흔들었다. 그러자 소는 가버렸다. 몇 사람이 마에라를 들고 보호 장벽 쪽으로 달려가 문을 통해 특별관람석 아래에 있는 의무실로 데려갔다. 그들은 마에라를 간이침대에 눕혔고, 그들 중 하나가 의사를 데리러 갔다. 투우사의 말을 꿰매고 있던 의사가 가축우리에서 달려 나오더니 잠시 멈춰 손을 씻었다. 위쪽의 특별관람석에서 고함 소리가 터져 나왔다. 마에라는 뭐라 말하려 했지만, 말을 할 수 없다는 것을 깨달았다. 마에라는 모든 것이 점점 커지다가 점점 더 작아지는 것을 느꼈다. 그런 다음, 다시 커지고 커지다가, 다시 점점 작아졌다. 그러더니 마치 필름이 빨리 도는 영화처럼 모든 것이 빠르게 돌아가기 시작했다. 그러고 나서 그는 죽었다.

두 개의 심장을 가진 큰 강 1

기차가 철길을 오르더니 나무가 불타버린 언덕 중 하나를 돌아 시야에서 사라졌다. 닉은 수화물 담당자가 밖으로 내던진 천막과 침구 위에 앉아 있었다. 마을은 철길 외에는 아무것도 없었다. 완전히 불타버린 시골 마을이었다. 세니의 거리에 늘어서 있던 열세 개의 술집도 온데간데없었다. 맨션하우스 호텔은 주춧돌만 땅 위로 솟아 있었고, 그 돌들마저 불에 타서 갈라지고 흠집이 나 있었다. 세니 마을에는 그게 전부였다. 땅조차 타서 검게 그을려 있었다.

집들이 여기저기 흩어져 있으리라 기대했던 산등성이조차다 불탄 상태였다. 닉은 철길을 따라 강에 걸린 다리까지 걸어갔다. 강물이 통나무를 쌓아 만든 교각에 부딪혀 넘실댔다. 바닥에 깔린 자갈이 비쳐 갈색을 띤 맑은 강을 바라보자, 물살

속에서 지느러미로 중심을 잡고 있는 송어들이 보였다. 닉이 바라보자 송어들은 재빨리 위치를 바꿨지만, 빠른 물살 속에서도 여전히 중심을 잃지 않았다. 닉은 오랫동안 그것들을 바라봤다.

강의 볼록렌즈 같은 표면 때문에 깊은 물속은 약간 굴절돼 보였고, 물은 통나무 교각에 부딪혀 부드럽게 솟아오르고 있었다. 강바닥에는 큰 송어들이 있었다. 처음에는 안 보이더니, 세찬 물결이 일자 자갈과 모래로 뿌예진 바닥에 한데 모여 있는 커다란 송어들이 보였다.

닉은 계속 다리에서 강바닥을 내려다보았다. 날은 더웠다. 물총새 한 마리가 강 위를 날았다. 송어를 들여다본 지도 오랜만이었다. 그놈들은 아주 탐스러웠다. 물총새가 비친 물그림자가 상류로 사라져가자, 큰 송어 한 마리가 긴 각을 이루며 물 위로 솟아올랐다. 그러자 그 각도를 보여주던 그림자는 완전히 사라졌고 송어는 잠시 햇빛을 받더니 다시 물속으로 하강했다. 송어의 그림자는 저항하지 않고 물살과 더불어 떠내려가더니, 다리 아래의 자기 위치로 되돌아갔다. 거기서 다시 급류를 마주 보며 긴장한 자세로 버티고 있었다.

송어의 움직임에 따라 닉의 심장도 긴장했다. 옛날의 느낌이 되살아났다.

그는 몸을 돌려 개울을 내려다보았다. 개울은 자갈이나 커다란 돌들이 깔린 얕은 곳에서부터 절벽 아래를 굽이치며 도는

174

깊은 곳까지 뻗어 있었다.

닉은 철길 석탄재 옆에 놓아둔 짐이 있는 곳으로 돌아갔다. 그는 행복했다. 짐 가방의 끈을 단단하게 졸라맨 후 등에 진 다음 멜빵을 어깨를 집어넣고는, 이마를 숙여 무게를 분산시켰다. 그래도 너무 무거웠다. 정말이지 너무나 무거웠다. 그는 낚시 가방을 손에 들고, 몸을 숙여 짐의 무게를 어깨로 지탱하며, 불타버린 마을을 뒤로한 채 양쪽으로 불탄 자국이 있는 언덕을 돌아 초원으로 향하는 길을 걸었다. 철길과 나란히 뻗은 도로였다. 무거운 짐이 어깨를 아프게 잡아당겼다. 길은 완만한 오르막길이었지만 힘들었다. 근육은 아팠고 날은 무더웠지만, 그래도 닉은 행복했다. 그는 모든 것—생각해야 할 것, 써야 할 것, 그 밖의 다른 모든 것—을 뒤에 남겨놓고 떠나왔다. 이제 모든 것은 저만큼 뒤에 있었다.

그가 기차에서 내리고, 화물 담당자가 그의 짐을 열린 화물칸 밖으로 던지면서부터 모든 것이 달라졌다. 세니도, 초원도 불타버려 예전 모습이 아니었지만, 그렇다고 모든 것이 다 타버리진 않았다는 걸 그는 알고 있었다. 그는 햇볕 아래 땀을 흘리며 길을 오르고 있었다. 철길과 소나무가 우거진 평원을 가르는 언덕들을 계속 올라가고 있었다.

가끔 내리막도 있었지만 거의 언제나 오르막이었다. 닉은 계속 올라갔다. 타버린 언덕배기와 나란히 가던 길이 드디어 꼭대기에 도달했다. 닉은 나무 그루터기에 기대앉아 짐 가방의 멜빵을 풀었다. 앞에는 소나무의 대평원이 펼쳐져 있었다. 타버린 목초지는 언덕의 왼쪽 능성에서 끝났다. 앞에는 어두침침한 소나무들이 평지 위에 돌출되어 있었다. 먼 왼쪽으로는 강이 흐르고 있었다. 그쪽을 바라보자, 햇빛에 반사되는 강물이 보였다.

저 멀리 슈피리어호를 표시하는 푸른 언덕들이 있는 곳까지 소나무 평원이 뻗어 있었다. 가뜩이나 먼 평원은 그 위로 쏟아지는 열과 빛으로 흐릿하게만 보였다. 멈춰서 차분히 바라봐도 또렷이 보이지는 않았다. 그러나 슬쩍 보면 분명 거기 멀리 솟아 있는 언덕들이 있었다.

닉은 까맣게 탄 나무 그루터기에 기대앉아 담배를 피웠다. 등에 눌려 움푹 들어간 짐을 평평하게 해서 나무 그루터기에 올려놓고, 멜빵 역시 언제든 멜 수 있도록 준비해놓고. 그러고는 초원을 내려다보며 앉아서 담배를 피웠다. 지도를 꺼낼 필요는 없었다. 강의 위치로 자신이 지금 어디에 있는지 잘 알 수 있었기 때문이다.

땅을 걷고 있던 메뚜기 한 마리가 그의 모직 양말로 올라왔다. 검은색이었다. 닉이 여기까지 올라올 때, 수많은 메뚜기들이 놀라 먼지를 일으키며 뛰어올랐었다. 그것들은 날아오를 때 검은 날개 덮개에서 노랗고 검은 날개나 빨갛고 검은 날개를 펼치는 커다란 메뚜기는 아니었다. 그냥 보통 메뚜기였다. 하지만 새까만 색이었다. 심각하게 생각한 건 아니지만, 어쨌든

색이 변한 것이 흥미로웠다. 그러다가 앉아 쉬면서, 네 개의 입을 가진 메뚜기가 모직 양말을 씹어 먹고 있는 것을 지켜보면서, 메뚜기들이 불타버린 곳에서 생존하기 위해 검은색으로 진화했다는 사실을 깨달았다. 작년에 난 화재로 변화한 환경에 적응하기 위해서, 검정색으로 진화한 것이었다. 그는 이 메뚜기들이 얼마나 오랫동안 검정색으로 살게 될지 궁금했다.

닉은 조심스럽게 손을 내려서 메뚜기의 날개를 잡았다. 그러고는 메뚜기를 들어 올려 허공에서 다리를 허우적거리는 모습과 켜켜이 이어진 배를 바라봤다. 그것도 검정색이었다. 재가 묻은 등과 머리는 진주색으로 변해 있었다.

"메뚜기야." 닉이 처음으로 입을 열어 말했다. "다른 데로 가렴." 그러면서 공중으로 날려 보내자, 메뚜기는 길 건너 석탄 더미로 날아갔다.

닉은 나무 그루터기에 세워놓은 짐에 등을 댄 다음, 멜빵에 팔을 집어넣었다. 그러고는 짐을 지고 일어서서 언덕 끝까지 가서 멀리 강까지 펼쳐진 초원을 바라본 다음, 길에서 떨어진 언덕배기를 따라 내려왔다. 발밑의 땅은 걷기에 좋았다. 언덕 아래로 200야드쯤 내려오자 불에 탄 자국이 끝이 났다. 거기서부터는 발목까지 올라오는 스위트펀이 자라고 있었다. 그 사이로 걸어가자 뱅크스소나무 숲이 나왔다. 그곳을 지나자 오르막과 내리막이 반복되는 모래땅이 펼쳐졌고, 그 너머로 다시 살아나고 있는 초원이 보였다.

닉은 해를 보고 방향을 가늠하고 있어서 강으로 내려가는 지점을 알고 있었다. 계속해서 소나무 평원을 가로질러 갔다. 언덕을 올라가면 또 다른 언덕이 나왔고, 때로 언덕 꼭대기에 올라가 보면 좌우로 소나무 숲이 대초원처럼 펼쳐져 있었다. 걷는 동안, 어깨 멜빵 밑에 집어넣은 스위트펀 가지에서 향기가 솔솔 풍겼다.

그늘도 없고 땅도 고르지 못한 소나무 평원을 걷느라 닉은 피곤하고 더웠다. 언제라도 왼쪽으로 방향을 틀면 강과 만나리라는 것을 알고 있었고, 강과 1마일 이상은 떨어지지 않으리라 생각하고 있었다. 그러나 오늘 하루 걸을 수 있는 만큼 걸어서 강 상류에 닿으리라 결심하며 북쪽을 향해 계속 걸었다.

걷고 있는 동안 닉은, 자신이 건너가고 있는 완만한 고지대 위로 펼쳐진 소나무 숲을 보았다. 그는 아래로 내려갔다가, 천천히 산마루의 봉우리를 향해 올라간 다음, 몸을 돌려 소나무들을 향해 걸어갔다.

소나무 평원에는 덤불이 없었다. 소나무들의 몸통은 똑바로 서 있거나, 약간 서로 기대 있었다. 몸통들은 반듯하고 갈색이었으며, 가지들은 몸통 저 높은 곳에 달려 있었다. 그중 어떤 것들은 서로 얽혀 있어 갈색의 수풀 바닥에 진한 그림자를 드리우고 있었다. 그 작은 숲 사이로 갈색의 부드러운 바닥이 있었고, 거기에는 높이 매달려 있는 나뭇가지보다 더 넓게, 소나무의 가시 잎들이 떨어져 쌓여 있었다. 나무들은 높이 자랐고,

가지들도 높이 달려 있어서, 한때 그늘로 덮여 있던 빈 공간으로 햇빛이 들어왔다. 숲 가장자리에는 스위트펀이 자라고 있었다.

닉은 짐을 벗어 그늘에 놓고는, 등을 땅에 대고 누워 소나무들을 올려다보았다. 그는 몸을 뻗어 목과 등과 허리를 쉬게 했다. 등에 닿는 땅의 감촉이 좋았다. 그는 나뭇가지 사이로 하늘을 올려다보다가, 눈을 감았다. 높이 달려 있는 나뭇가지 사이로 바람이 불어왔다. 그는 눈을 감고 잠이 들었다.

닉은 쥐가 나서 몸이 뻣뻣한 채로 잠에서 깼다. 해가 거의 져 있었다. 무거운 짐을 들어 올려 어깨에 메자 멜빵이 닿는 곳이 아팠다. 그는 짐을 진 채 몸을 굽혀 가죽으로 된 낚시 가방을 잡은 다음, 소나무 초원에서 스위트펀 습지대를 가로질러 강으로 내려갔다. 강까지는 1마일도 남지 않은 상태였다.

그는 나무 그루터기로 뒤덮인 언덕을 내려와서 목초지로 들어섰다. 그 목초지 끝에 강이 흐르고 있었다. 강에 가까워지자 기뻤다. 그는 목초지를 지나 강의 상류로 걸어갔다. 바지는 이슬에 젖어 있었다. 날이 더워 이슬은 빨리 많이도 맺혔다. 강은 고요했다. 강물은 빠르고, 부드러웠다. 목초지 끝에 이르자, 닉은 야영을 하기 위해 고지대로 올라가기 전에 송어가 뛰어오르는 강을 내려다보았다. 송어들은 해가 지자 개울 반대쪽 늪지대에서 나오는 곤충들을 먹으러 뛰어오르고 있었다. 개울과 나란한 작은 목초지를 따라 걷고 있는 닉의 옆으로 송어들이 높게 뛰어올랐다. 강을 내려다보자, 천천히 곤충들을 먹고 있는 송어들이 보였다. 조금 떨어진 곳에서 높이 뛰어오른 송어들이 원을 그리며 내려오는 장면은, 마치 비가 내리는 풍경 같았다.

모래로 된 솟은 땅과 나무가 있는 그곳에서는, 목초지와 뻗어 나가는 강과 늪이 보였다. 닉은 짐 가방과 낚시 가방을 내려놓고 반반한 땅을 찾아보았다. 배가 몹시 고팠지만, 식사를 준비하기 전에 우선 텐트를 치고 싶었다. 두 그루의 뱅크스소나무 사이가 평평했다. 그는 짐 가방에서 도끼를 꺼내 두 그루의 나무를 잘라냈다. 그러자 잠을 잘 만한 평평한 자리가 만들어졌다. 그는 손으로 모래가 깔린 부드러운 땅을 잘 다듬은 후, 스위트펀 덤불을 뿌리째 뽑았다. 그러고는 뿌리 뽑힌 자국들을 고르게 다듬었다. 그는 담요 밑에 울퉁불퉁한 것이 없도록 땅을 고른 다음, 세 장의 담요를 깔았다. 한 장은 바닥에 깔고, 나머지 두 장은 그 위에 덮었다.

그는 텐트를 고정시키기 위해 도끼로 소나무 그루터기에 붙어 있는 가지를 하나 잘랐다. 그것이 텐트를 잘 지탱시킬 만큼 길고 단단하기를 바라면서. 텐트를 꺼내 땅에 펼쳐놓자, 뱅크스소나무에 기대어놓은 짐 가방이 훨씬 작아 보였다. 닉은 텐트를 지탱할 밧줄을 소나무 그루터기에 맨 후, 텐트를 일으켜 세워 다른 쪽 밧줄 끝을 다른 그루터기에 고정시켰다. 그러자 텐트는 마치 빨랫줄에 걸린 담요처럼 보였다. 닉은 잘라놓은 가지로 텐트의 뒤 꼭대기를 찔러 받쳤고, 측면에 쐐기를 박아 텐트를 고정시켰다. 그러고는 텐트의 측면을 단단하게 잡아당긴 다음, 도끼머리로 밧줄이 보이지 않고 텐트가 팽팽하게 펴질 때까지 쐐기를 땅속 깊이 박았다.

닉은 텐트의 열린 앞부분에 치즈천*을 모기 방충망 대신 붙였다. 그러고는 그 밑으로 기어 들어가 짐 가방에서 가져온 것들을 꺼내놓고, 경사진 바닥의 낮은 쪽에 머리 쪽이 놓이도록 침구를 깔았다. 텐트 안으로 갈색 캔버스 천을 뚫고 빛이 들어왔다. 텐트 냄새가 좋았다. 벌써 뭔가 신비스럽고 집 같은 분위기가 흘렀다. 텐트 안으로 기어 들어올 때부터 닉은 행복했다. 하루 종일 그는 행복하지 않았었다. 하지만 지금은 달랐다. 이제는 해야 할 일이 다 끝난 상태였다. 힘든 여행이었고, 피곤했지만, 이제는 할 일이 없었다. 야영 준비가 다 된 것이다. 그는 안정감을 느꼈다. 이제는 아무것도 그를 괴롭힐 것이 없었다. 야영하기에 더없이 좋은 장소였고, 그는 자신이 만든 집에 있었다. 허기가 느껴졌다.

그는 치즈천 아래로 다시 기어 나왔다. 밖은 상당히 어두웠다. 텐트 안이 더 밝았다.

닉은 짐 가방이 있는 데로 가서 짐 바닥에 손을 넣어 종이로 싼 못 주머니에서 기다란 못을 꺼냈다. 그런 다음, 그 못을 소나무에 대고 도끼 뒷면으로 부드럽게 박아 넣었다. 그 못에 짐

*치즈를 만들거나 육수를 거를 때 쓰는 명주 천.

가방을 걸었다. 모든 물품이 들어 있는 그 짐 가방은 이제 더이상 바닥에 있지 않고 안전하게 갈무리되었다.

닉은 배가 고팠다. 이렇게 배가 고픈 건 처음이었다. 그는 돼지고기와 콩이 든 통조림과 스파게티 통조림을 열고 내용물을 프라이팬에 부었다.

"이 무거운 것을 들고 왔으니, 당연히 먹을 권리가 있지." 닉이 혼잣말을 했다. 어두워지는 숲에서 자신의 목소리가 이상하게 들렸다. 그는 다시는 말하지 않았다.

그는 그루터기에서 잘라낸 소나무 장작으로 불을 피웠다. 불 위에 철판 그릴을 올려놓고, 신고 있는 부츠로 그것의 네 다리를 폈다. 그런 다음, 프라이팬을 불 위에 올려놓았다. 배가 더 고파졌다. 곧 콩과 스파게티가 뜨거워졌다. 닉은 그것을 저은 다음, 한데 섞었다. 음식에서 작은 공기방울들이 올라오자 냄새가 그만이었다. 닉은 토마토케첩 병을 꺼내고, 빵을 네 조각으로 잘랐다. 작은 공기방울들의 동작이 빨라졌다. 닉은 불 옆에 앉아, 프라이팬을 들어 올렸다. 음식의 절반을 양철 판 위에 부으니, 판 위로 천천히 퍼져 나갔다. 음식이 너무 뜨거워 토마토케첩을 조금 부었다. 그래도 여전히 콩과 스파게티는 너무 뜨거웠다. 그는 불을 바라보고, 텐트를 바라봤다. 혀를 데이면 음식 맛을 못 느낄 것이다. 지난 수년 동안 그는 한 번도 바나나 튀김을 제대로 맛보지 못했는데, 그게 식을 때까지 기다리지 못했기 때문이었다. 그의 혀는 아주 민감했고, 매우 배가 고팠다. 강 저편 늪지대의 어둠 속에서 안개가 피어오르고 있었다. 그는 다시 한 번 텐트를 바라봤다. 좋아. 이젠 됐겠지. 그는 양철 판에서 음식을 한 숟가락 떠서 입에 넣었다.

"이런, 맛이 죽이는군." 그가 행복해하며 말했다.

그것을 다 먹고서야 잘라놓은 빵이 생각났다. 그래서 두 번째 음식을 해서 빵과 함께 먹었다. 양철 판에 빛이 나도록 음식을 빵으로 문질러가면서 먹었다. 그는 세인트이그너스의 간이식당에서 샌드위치와 커피 한 잔을 한 뒤로 아무것도 먹지 않은 상태였고, 그런 공복에 먹으니 정말 기분이 좋았다. 전에도 공복 상태에서 먹어본 적이 있었지만, 이렇게 포만감을 느낀 적은 없었다. 원하기만 했더라면 몇 시간 전에도 텐트를 칠 수 있었다. 강가에는 야영을 하기 좋은 장소가 많았다. 하지만 여기가 최고였다.

닉은 두 개의 커다란 소나무 장작을 양철 판 밑에 집어넣었다. 불이 빛나며 피어올랐다. 커피를 끓일 물을 깜빡해서, 짐에서 접이식 양동이를 꺼내 언덕을 내려가 목초지 가장자리를 지나 개울로 갔다. 둑 건너편은 하얀 안개에 젖어 있었다. 둑 위에서 무릎을 굽히자 몸에 닿는 젖은 풀이 차디찼다. 양동이를 개울에 집어넣었다. 물이 가득 차자 물살이 양동이를 세게 잡아당겼다. 물은 얼음처럼 차가웠다. 닉은 그렇게 양동이를 한 번 헹군 다음, 물을 가득 채워 야영장으로 가져왔다. 개울에서 멀어지자 양동이 속 물은 조금 따뜻해졌다.

닉은 못을 하나 더 박은 다음, 물 양동이를 거기 걸었다. 그는 커피포트에 물을 절반 채운 다음, 양철 판 밑에 장작을 좀 더 넣고 그 위에 포트를 올려놓았다. 그는 커피 만드는 법이 기억나지 않았다. 그것에 대해 홉킨스와 다툰 것은 기억나는데, 누가 이겼는지는 생각나지 않았다. 그는 일단 끓이기로 했다. 그제야 홉킨스식이 이겼다는 게 떠올랐다. 한때 그는 모든 것을 놓고 홉킨스와 다투었다. 커피 물이 끓는 동안, 그는 작은 살구 통조림을 땄다. 그는 통조림 따는 것을 좋아했다. 꺼낸 살구를 양철 컵에 담았다. 커피가 불에 끓는 것을 보며, 그는 엎지르지 않게 조심하며 살구 시럽을 마시고는 명상하듯 천천히 살구를 빨아 먹었다. 신선한 살구보다 오히려 더 맛있었다.

그가 바라보는 동안 커피가 끓었다. 뚜껑이 위로 열리면서 커피와 원두가 포트 옆으로 흘러내렸다. 닉은 커피포트를 양철 판에서 내려놓았다. 홉킨스 방식은 대성공이었다. 그는 빈 살구 깡통에 설탕을 넣은 다음, 커피를 조금 부어 식혔다. 커피포트가 너무 뜨거워 그는 모자를 이용해 포트를 잡았다. 포트 안에 컵을 집어넣고 싶지는 않았다. 적어도 첫 컵은 그러고 싶지 않았다. 철저하게 홉킨스 방식으로 하고 싶었다. 홉킨스는 그런 대접을 받을 자격이 있었다. 그는 아주 진지하게 커피를 마셨다. 닉이 아는 그 누구보다 진지하게 마셨다. 커피를 많이 마시는 사람이 아니라, 진지하게 마시는 사람이었다. 그건 오래전 일이었다. 홉킨스는 입술을 움직이지 않고 말할 수 있었다.

그는 폴로를 즐겼다. 그는 텍사스에서 수백만 달러를 벌었다. 자신의 커다란 첫 유전이 분출했다는 소식이 전보로 오자, 그는 차비를 빌려 시카고로 갔다. 돈을 보내라고 전보를 칠 수도 있었지만 그러면 너무 오래 걸릴 것 같았기 때문이다. 친구들은 홉킨스의 여자 친구를 금발의 비너스라고 부르며 놀렸지만, 그녀가 진짜 여자 친구는 아니었기에 홉킨스는 상관하지 않았다. 홉킨스는 자신만만하게 자신의 진짜 여자 친구는 아무도 놀리지 못할 거라고 말했다. 맞는 말이었다. 전보가 도착하자 그는 떠났다. 블랙 리버에 있을 때의 일이었다. 그 전보가 그에게 전해지기까지는 8일이 걸렸다. 홉킨스는 자기의 22구경 콜트 자동권총을 닉에게 남겨놓고 떠났다. 카메라는 빌에게 주었다. 언제나 자신을 기억하라는 거였다. 그는 떠나기 전에, 내년 여름에 다 같이 낚시를 가자고 했다. 막 부자가 된 홉킨스는, 요트를 사서 슈피리어호의 북쪽을 따라 유람하자고 했다. 그는 흥분 상태였지만 진지했다. 친구들은 그에게 작별 인사를 했고, 모두가 섭섭해했다. 그러나 그의 여행은 중도에 무산되었다. 그들은 다시는 홉킨스를 보지 못했다. 오래전 블랙 리버에서의 일이었다.

닉은 홉킨스 방식으로 커피를 마셨다. 커피 맛은 썼다. 닉은 웃었다. 그것이 이야기의 좋은 결말이 될 것 같아서였다. 그의 정신은 다시 작동을 시작했지만, 몸은 너무 피곤해 질식할 지경이었다. 그는 남은 커피를 버리고, 불에 흙을 끼얹었다. 그러고는 담배에 불을 붙이고 텐트 속으로 들어갔다. 그는 신발과 바지를 벗고 담요 위에 앉아, 신발을 바지로 싸서 베개로 만들어 담요 사이에 집어넣었다.

텐트 자락 사이로 밤바람이 잠시 만들어내는 불빛이 보였다. 밤은 고요했다. 늪지대도 완벽하게 정적을 유지했다. 닉은 담요 아래에서 편하게 몸을 뻗었다. 모기 한 마리가 귓가에서 앵앵댔다. 닉은 일어나 앉아 성냥불을 켰다. 모기는 그의 머리 위 텐트에 붙어 있었다. 재빨리 성냥불을 모기에게 갖다 댔다. 모기가 불에 타면서 만족스러운 소리를 냈다. 성냥불이 꺼졌다. 닉은 다시 담요를 덮고, 모로 누워 눈을 감았다. 잠이 엄습해 왔다. 그는 담요 아래 몸을 웅크리며 잠이 들었다.

그들은 아침 6시에 군청 구치소 복도에서 샘 카디넬라를 교수형에 처했다. 양쪽에 감방이 늘어선 복도는 좁고 천장은 높았다. 모든 감방이 교수형에 처해질 죄수들로 만원이었다. 다섯 명의 사형수들이 다섯 개의 독방에 수감돼 있었고, 그들 중 셋은 흑인이었다. 그들은 공포에 질려 있었다. 백인 사형수 한 명은 두 손으로 머리를 감싼 채 앉아 있었다. 다른 백인은 담요를 머리에 뒤집어쓰고 침대에 쓰러져 있었다.

그들은 벽에 난 문을 통해 교수대로 들어왔다. 두 명의 신부를 포함해 예닐곱 명이었다. 그들은 쓰러져 있던 샘 카디넬라를 끌고 왔다. 그는 새벽 4시부터 그런 상태였다.

그의 다리가 묶이는 동안 두 명의 간수가 그를 붙잡고 있었으며, 두 신부는 그에게 속삭이고 있었다. "용기를 가지시오, 형제." 신부 하나가 말했다. 그들이 머리에 씌울 두건을 갖고 다가왔을 때, 샘 카디넬라는 괄약근의 조정 능력을 상실해버렸다. 그를 일으켜 세우던 두 명의 간수 모두 그를 놓아버렸다. 그들은 역겨워했다. "의자에 앉히는 게 어때, 윌?" 간수 하나가 물었다. "그게 좋겠어." 중절모를 쓴 간수가 말했다.

그들이 볼베어링으로 움직이는 무거운 참나무 교수대 뒤편으로 물러섰을 때, 샘 카디넬라는 목에 밧줄이 감긴 채 단단하게 묶여 혼자 남겨졌다. 두 신부 중 젊은 신부가 의자 옆에 무릎을 꿇고 앉아서 작은 십자가를 들고 있었다. 그 신부가 교수대 뒤로 피하자마자 교수대 바닥이 덜컹 내려갔다.

두 개의 심장을 가진 큰 강 2

아침이 되어 해가 뜨자, 텐트가 뜨거워지기 시작했다. 닉은 텐트 입구에 쳐놓은 모기장 밑으로 기어 나와서 아침 풍경을 바라봤다. 나오면서 손에 닿은 잔디는 이슬로 축축했다. 그는 바지와 구두를 손에 들고 있었다. 해가 막 언덕 위로 솟고 있었고, 눈앞에 목초지와 강과 늪지대가 펼쳐졌다. 강 건너 녹색 늪지대의 자작나무들도 보였다.

이른 아침의 맑은 강은 부드럽고 빠르게 흐르고 있었다. 200야드 너머 하류에는 개울을 가로지르는 세 개의 통나무가 놓여 있었다. 그것들이 물살을 부드럽게 가라앉히고 있었다. 밍크 한 마리가 그 통나무 다리로 강을 건너 늪지로 들어갔다. 닉은 이른 아침의 풍경과 강으로 인해 흥분 상태였다. 아침을 먹기에는 너무 이른 시간이었지만, 먹어야 했다. 그는 조그맣게 불을 지핀 다음, 커피포트를 올려놨다.

　물이 끓는 동안 빈 병을 꺼내 들고 목초지의 고지대 가장자리를 넘어 아래로 내려갔다. 목초지는 이슬에 젖어 있었고, 닉은 해가 풀을 말리기 전에 낚시 미끼로 사용할 메뚜기를 잡고 싶었다. 미끼용으로 좋은 메뚜기들이 풀뿌리 근처에 많이 숨어 있었다. 몇몇 메뚜기들은 풀줄기에 매달려 있었다. 그것들은 이슬로 차갑게 젖어 있어서 햇볕에 마를 때까지는 뛰지 못했다. 닉은 중간 크기의 갈색 메뚜기만 잡아서 병에 넣었다. 통나무 하나를 뒤집자, 그 피난처에 수백 마리의 메뚜기들이 모여 살고 있었다. 메뚜기들의 하숙집 같았다. 닉은 중간 크기의 갈색 메뚜기를 50마리쯤 병 속에 집어넣었다. 그가 메뚜기들을 잡는 동안, 다른 놈들은 몸이 말랐는지 뛰어오르기 시작했다. 그렇게 날아오르더니, 바닥에 착지해 마치 죽은 듯 뻣뻣하게 가만있었다.

　닉이 아침식사를 마칠 즈음이면 메뚜기들은 활발하게 날아다닐 것이다. 풀잎에 이슬이 없어져 팔팔해진 메뚜기들을 한 병 가득 잡으려면 하루 종일 걸릴 것이다. 모자로 덮치다가 여러 마리를 눌러 죽이게도 될 것이다. 그는 개울에 손을 씻었다. 강 근처에 있으니 또다시 흥분이 됐다. 그는 텐트를 향해 걷기 시작했고, 병 속 메뚜기들은 어느새 햇볕을 받아 따뜻해졌는지 팔짝팔짝 뛰어오르고 있었다. 코르크 마개 대신 소나무 가지로 병 입구를 막아놓아, 메뚜기들이 나오지는 못해도 숨 쉬는 데는 지장이 없었다. 그는 통나무를 제자리로 돌려놓으며, 여기 있으면 매일 아침 메뚜기들을 잡을 수 있겠다고 생각했다.

닉은 뛰어오르는 메뚜기들로 가득 찬 병을 소나무 그루터기에 기대 놓은 다음 메밀가루 한 컵과 물 한 컵을 섞어 빠르게 저었다. 그러고는 커피를 한 줌 꺼내 포트에 넣고, 캔에서 꺼낸 기름 덩어리를 뜨거운 프라이팬에 발랐다. 팬에 연기가 나자 메밀가루 반죽을 부드럽게 부었다. 반죽이 용암처럼 퍼지자 기름이 탁탁 튀었다. 메밀 케이크는 가장자리부터 단단해지면서 갈색으로 변했고, 바삭바삭해졌다. 표면에 서서히 작은 기포들이 올라오더니 작은 구멍들이 생겼다. 깨끗한 소나무 조각을 케이크 밑에 집어넣고 팬을 옆으로 흔들자 케이크가 팬 바닥에서 떨어졌다. 공중에 던져 뒤집지는 않을 거야. 그는 그렇게 생각하며 깨끗한 나뭇조각을 밑으로 완전히 집어넣어 케이크를 뒤집었다. 케이크가 프라이팬에서 탁탁거렸다.

닉은 프라이팬에 다시 기름칠을 했다. 그러고는 나머지 반죽을 다 부어 큰 것 하나와 작은 것 하나를 더 구웠다.

닉은 사과 잼을 발라 큰 것 하나와 작은 것 하나를 먹었다. 세 번째 케이크에도 사과 잼을 바른 다음, 두 번 접어 기름종이에 싸서 셔츠 주머니에 넣었다. 그러고는 사과 잼 병을 다시 짐 속에 넣고 샌드위치 두 개를 만들 빵을 잘랐다.

짐 속에는 커다란 양파도 있었다. 그걸 두 개로 잘라 부드러운 껍질을 벗긴 다음, 기름종이에 싸서 카키색 셔츠 주머니에 넣고 단추를 채웠다. 그런 다음 프라이팬을 뒤집고, 연유를 넣어 달고 황갈색이 나는 커피를 마신 다음 캠프를 정돈했다. 작고 멋진 캠프였다.

닉은 가죽으로 된 낚시 가방에서 플라이 낚싯대를 꺼내 연결하고는, 낚시 가방을 다시 텐트에 집어넣었다. 릴을 장착하고 낚싯줄을 끼웠다. 낚싯줄을 끼울 때는 한 손에서 다른 손으로 교대로 잡아야지, 그렇지 않으면 무게 때문에 도로 빠진다. 그건 무겁고 이중으로 꼬인 플라이 낚싯줄이었다. 오래전 8달러를 주고 산 것으로, 뒤로 들어 올렸다가 앞으로 직선으로 던질 수 있게 무겁게 만들어져 있었다. 가벼운 낚시를 던질 때 무게를 실어 팽팽하게 잡아당겨주는 낚싯줄이었다. 닉은 알루미늄으로 만든 낚시 목줄 상자를 열었다. 감긴 목줄은 축축한 플란넬 패드 사이에 감겨 있었다. 세인트이그너스로 향하는 기차에 있을 때 냉각기 물로 패드를 적셔놓아서인지, 줄은 젖은 패드 속에서 부드러워져 있었다. 그중 하나를 풀어 무거운 플라이 낚싯줄 고리에 묶고는, 끝에 낚싯바늘을 고정시켰다. 작은 바늘이었다. 아주 가늘고 탄력이 있었다.

닉은 낚싯대를 무릎에 올려놓고 쌈지에서 여분의 낚싯바늘을 꺼냈다. 그러고는 낚싯줄을 팽팽하게 잡아당겨 낚싯대의 탄력과 매듭을 확인했다. 느낌이 좋았다. 바늘에 손가락이 찔리지 않게 조심했다.

낚싯대를 쥐고 메뚜기가 든 병에 감아놓은 줄을 목에 걸고

개울로 내려갔다. 잡은 물고기를 가두는 뜰채는 허리띠에 달린 고리에 묶여 있었다. 어깨 위에는 양쪽 귀를 묶은 밀가루 포대가 매달려 있었다. 목에 걸린 줄이 어깨 너머로 넘어갔고, 포대는 다리에 부딪혔다.

닉은 도구들을 주렁주렁 매단 몸이 어색하게 느껴졌지만, 전문 낚시꾼처럼 보여 뿌듯하기도 했다. 메뚜기 병이 가슴에서 흔들거렸다. 셔츠의 가슴 주머니들은 먹을거리와 미끼로 불룩 튀어나와 있었다.

그는 개울로 들어갔다. 물은 놀랄 만큼 차가웠다. 바지가 다리에 착 달라붙고, 신발 밑으로 자갈 바닥이 느껴졌다. 물은 점점 더 차갑게 느껴졌다.

급류가 그의 다리에서 소용돌이쳤다. 그가 들어선 곳은 물이 무릎까지 올라오는 곳이었다. 그는 힘들게 급류를 헤치고 나아갔다. 발밑에서는 자갈이 미끄러웠다. 양다리 사이로 맴도는 소용돌이를 내려다보며 그는 메뚜기를 꺼내려고 병을 기울였다.

첫 번째 메뚜기가 병에서 튀어나와 물로 뛰어내렸다. 그 메뚜기는 닉의 오른쪽 다리 밑 소용돌이에 빨려 들어가더니, 저만큼 하류에서 나타났다. 메뚜기는 빠르게 발길질을 하며 떠 있었다. 그러더니 부드러운 수면 속으로 빠른 원을 그리며 사라졌다. 송어에게 먹힌 것이다.

그다음 메뚜기가 병 밖으로 머리를 내밀어 더듬이를 움직였다. 그런 다음 튀어 나가려고 병 밖으로 앞발을 뺐다. 닉은 메뚜기 머리를 잡고 턱에 낚싯바늘을 집어넣어 가슴에서 복부까지 꿰었다. 메뚜기는 앞발로 낚싯바늘을 잡고 담뱃진 같은 액을 토해냈다. 닉은 그놈을 물에 던져 넣었다. 그러고는 오른손으로 낚싯대를 잡고, 왼손으로는 릴을 풀어 물살에 메뚜기가 떠내려가게 했다. 물살의 잔물결 속으로 메뚜기는 사라졌다.

낚싯줄이 팽팽해졌다. 닉은 줄을 잡아당겼다. 송어가 처음으로 입질을 한 것이다. 급류 속에서 움직이는 낚싯대를 잡고, 왼손으로 줄을 잡아당겼다. 낚싯대는 활처럼 휘었고, 송어는 급류를 거스르며 튀어 올랐다. 자그마한 송어였다. 그는 낚싯대를 공중에 들어 올렸다. 송어의 무게로 낚싯대가 휘었다.

송어는 낚싯줄에서 벗어나려고 물속에서 머리와 몸을 흔들어 대고 있었다.

닉은 왼손으로 낚싯줄을 쥐고 물살과 싸우느라 지친 송어를 끌어올렸다. 송어의 등에는 물처럼 맑은 반점이 있었고, 옆구리는 햇빛을 받아 빛나고 있었다. 닉은 오른팔 밑에 낚싯대를 낀 채, 몸을 굽혀 오른손을 물에 담갔다. 그러고는 펄떡거리는 송어를 꺼내 입에서 바늘을 뺀 후 다시 개울에 놓아줬다.

송어는 급류 속에서 잠시 불안해하더니, 이윽고 돌 옆의 바닥에 자리를 잡았다. 닉은 팔꿈치까지 물에 집어넣어 송어를 만지려고 했다. 송어는 움직이는 물살 속에서 중심을 잡고 돌옆 자갈 위에서 쉬고 있었다. 닉의 손가락이 송어의 부드럽고 서늘한 몸에 닿자, 송어는 도망쳤다. 강바닥을 가로질러 그늘 속으로 사라져버렸다.

괜찮을 거야, 닉은 생각했다. 저 송어는 피곤했을 뿐이야.

송어를 만지기 전에 닉의 손은 이미 젖어 있었으니, 송어의 몸을 덮고 있는 섬세한 점막이 상하지는 않았을 것이다. 마른 손으로 송어를 만지면, 하얀 곰팡이가 송어의 약한 피부를 공격하게 된다. 몇 년 전에 사람들이 많은 개울에서 낚시를 하다가, 몸에 하얀 곰팡이가 슬어 바위 사이로 떠다니거나 배를 뒤집은 채 떠오른 송어 시체를 여러 차례 목격했다. 그 뒤부터 그는 일행이 아닌 다른 사람들과 같이 낚시를 하는 게 싫었다. 낚시를 망치기 때문이다.

그는 물살을 가로질러 쌓여 있는 통나무 더미 위의 얕은 개울물을 50야드쯤 걸어갔다. 물이 무릎까지 차올랐다. 그는 이제 미끼를 꿰지 않고 손에 든 채 물살을 헤치며 걸어갔다. 이렇게 얕은 물에선 작은 송어를 쉽게 잡을 수 있지만, 그러고 싶지 않았다. 큰 송어는 이 시간에는 이런 얕은 물에 있지 않는다.

찌르는 듯이 차가운 물이 허벅지까지 차올랐다. 앞에는 통나무 댐이 만들어놓은 부드러운 물이 넘실대고 있었다. 물살은 부드럽고 검었다. 왼쪽에는 목초지의 낮은 가장자리가 있었고, 오른쪽에는 늪지대가 보였다.

닉은 물살을 버티려고 상체를 뒤로 젖히고는 병에서 메뚜기를 꺼냈다. 메뚜기를 낚싯바늘에 꽂은 후 행운을 비는 침을 뱉었다. 그런 다음, 릴에서 몇 야드의 낚싯줄을 풀어 메뚜기를 빠르고 어두운 물에 던졌다. 메뚜기는 통나무를 향해 떠내려가더니, 줄의 무게로 인해 수면 아래로 가라앉았다. 닉은 오른손으로 낚싯대를 잡고, 손가락 사이로 낚싯줄을 풀었다.

무언가가 오랫동안 줄을 잡아당겼다. 낚싯대를 잡아채자 낚싯대는 활발하게 움직이다가 위태하게 휘어졌고, 낚싯줄이 팽팽해졌다. 송어가 무겁고도 위태롭게, 그러나 차분하게 줄을 끌어당기고 있었다. 줄이 더 팽팽해지면 끊어질 것 같아 닉은 줄을 풀었다.

줄이 급속도로 풀리자, 역회전 방지 장치가 되어 있는 릴이 째지는 듯한 기계음을 냈다. 줄이 너무 빨리 풀렸다. 손쓸 시간도 없이 줄은 전속력으로 빠져나갔고, 소음도 더 심해졌다.

릴의 심지가 보이자, 그의 심장은 흥분으로 멈추는 것 같았다. 허벅지까지 차오른 얼음같이 차가운 물살을 버티려고 상체를 젖힌 닉은, 왼손으로 릴을 꽉 눌렀다. 플라이 릴의 틀 속에 엄지손가락을 넣고 있으니 불편했다.

그가 낚싯줄을 꽉 누르고 있는 사이, 저 너머에서 커다란 송어가 물 밖으로 나와 뛰어올랐다. 그러자 닉은 낚싯대 끝을 내렸다. 줄을 느슨하게 하려고 그런 거였지만, 그 순간 오히려 압력이 극에 달했다. 낚싯줄이 너무나 팽팽했다. 물론, 그러고는 목줄이 끊어졌다. 갑자기 줄의 모든 탄력이 사라지며 건조하고 딱딱해지더니 이내 축 처졌다.

입안이 마르고 심장이 덜컥 내려앉은 상태로 닉은 릴을 감았다. 그렇게 큰 송어는 처음 보는 거였다. 송어가 뛰어오를 때 그놈 스스로도 제어할 수 없는 힘과 무게가 느껴졌다. 실로 거대한 몸집이었다. 연어만큼이나 커 보였다.

손이 떨렸다. 그는 천천히 릴을 감았다. 스릴이 극에 달했다. 어지러워서 앉고 싶었다.

목줄은 낚싯바늘이 매여 있던 곳에서 끊겨 있었다. 닉은 그 목줄을 손으로 잡았다. 그러고는 빛이 안 닿는 통나무 아래 깊은 바닥에서 턱에 바늘을 건 채, 자갈 위에 가만히 있을 그 송어를 생각했다. 송어의 이빨은 목줄을 쉽게 끊을 수 있고, 그러면 바늘은 녀석의 턱에 꽉 박히게 된다. 송어는 화가 나 있을 것이다. 그 정도로 큰 체구라면 어떤 놈이건 화를 내게 되어 있다. 그게 바로 송어다. 녀석은 단단히 낚싯바늘에 걸려 있었다. 도망치기 전까지 녀석은 바위처럼 느껴졌다. 그건 정말 큰 놈이었다. 맹세컨대, 본 것 중에서 가장 큰 송어였다.

닉은 강에서 나와 목초지로 기어 올라가 섰다. 바지에서는 물이 흘러내렸고, 신발에서도 물이 뚝뚝 흐르고 있었다. 그는 저만치 가서 통나무 위에 앉았다. 흥분된 기분을 쉽게 사라지게 하고 싶지 않았다.

그는 신발 속에서 물에 젖은 발가락을 꼼지락거리며, 가슴 주머니에서 담배를 꺼냈다. 불을 붙이고, 성냥개비는 통나무 아래 빠르게 흐르는 물에 던졌다. 성냥개비가 빠른 물살을 타고 돌자, 작은 송어가 올라와 성냥개비에 다가갔다. 닉은 웃었다. 그는 담배를 끝까지 다 피울 참이었다.

그는 통나무에 앉아 담배를 피우며 햇볕에 몸을 말렸다. 등이 따뜻해졌다. 앞쪽의 얕은 강은 굽이를 돌아 숲으로 들어가고 있었다. 그의 앞에는 얕은 개울, 번쩍이는 빛, 물에 씻겨 매끈한 바위, 둑을 따라 자라는 삼나무, 하얀 자작나무, 나무껍질이 없어 매끄럽고 앉기 좋은 잿빛 통나무가 있었다. 서서히 실망감이 사라졌다. 그의 어깨를 아리게 했던 스릴 이후에 찾아왔던 실망감이 차츰 사라졌다. 지금은 모든 것이 좋았다. 그의 낚싯대는 통나무 위에 있었다. 닉은 목줄을 단단하게 잡아당겨 매듭을 짓고, 새 낚싯바늘을 달았다.

그는 미끼를 뀐 다음 낚싯대를 집어 들고, 통나무 끝으로 걸어가 깊지 않은 강으로 내려갔다. 닉은 늪지대 근처의 모래톱을 돌아서 얕은 개울로 나왔다.

목초지가 끝나고 숲이 시작되는 왼쪽으로 커다란 느릅나무가 뿌리째 뽑혀 있었다. 폭풍에 넘어져 누워 있는 것이었다. 더러워진 뿌리들 속에서 풀이 자라나고 있는 그 느릅나무는, 개울 옆에서 단단한 제방 역할을 하고 있었다. 강은 그 뿌리 뽑힌 나무의 가장자리를 가로지르고 있었다. 닉이 서 있는 곳에서, 얕은 개울 안에 물살의 흐름으로 움푹 파인 수로가 보였다. 그가 서 있는 곳에도, 그 너머에도 자갈과 돌들이 가득했다. 나무뿌리 근처에서 곡선을 그리는 개울 바닥에는 이회토가 깔려 있었고, 깊은 물이 만든 바퀴 자국 사이에는 수초들이 물살에 흔들거리고 있었다.

닉이 낚싯대를 어깨 뒤로 돌렸다가 앞으로 던지자 낚싯줄은 앞으로 휘어지면서 메뚜기를 수초 사이의 깊은 수로에 떨어뜨렸다. 송어 한 마리가 미끼를 물었고, 닉은 즉시 낚아챘다.

닉은 뿌리가 뽑힌 나무 쪽으로 낚싯대를 잡아당기며, 물살 속에서 허우적허우적 뒷걸음질 치며 송어와 싸움을 벌였다. 송어는 낚싯대를 팽팽하게 휘게 만들면서, 위험한 수초 지역에서 벗어나 탁 트인 강 쪽으로 이동하고 있었다. 닉은 물살을 거슬러 춤을 추는 낚싯대를 잡고, 송어를 끌어당기기 시작했다. 송어는 서둘러 도망치려 했지만 계속해서 닉 쪽으로 끌려왔다. 휘어진 낚싯대는 때때로 물속에서 휙 꺾이기도 했지만, 그는 계속해서 송어를 잡아당겼다. 송어가 저항하자 닉은 하류 쪽으로 줄을 풀었다. 낚싯대를 머리 위로 올린 그는 드디어 송어를 뜰채에 집어넣고 들어 올렸다.

뜰채에 걸린 송어는 묵직했다. 등의 반점과 은빛 옆모습이 그물을 통해 보였다. 닉은 낚싯바늘을 뺐다. 잡기 좋은 묵직한 몸체와 커다란 턱을 가진 미끈거리는 송어였다. 닉은 그것을 기다란 자루에 던져 넣었다.

닉이 자루의 입구를 물살에 대고 펴자 물로 가득 찬 자루가 묵직해졌다. 그런 다음 자루 바닥을 물속에 둔 채 들어올리자, 양옆으로 물이 빠져나왔다. 자루 안에는 커다란 송어가 산 채로 들어 있었다.

닉은 하류로 이동했다. 어깨에 멘 자루는 그의 앞쪽에서 물속에 무겁게 가라앉아 있었다.

날씨는 더워지고 있었고, 태양은 그의 목 뒤를 달구었다.

닉은 멋진 송어를 잡았다. 그는 송어를 많이 잡을 생각은 없었다. 이제 개울은 얕고 넓어졌다. 양쪽 둑을 따라 나무들이 늘어서 있었다. 왼쪽 둑의 나무들은 오전의 태양 속에서 물살 위에 짧은 그늘을 드리우고 있었다. 그 각각의 나무 그늘 속에 송어가 있다는 걸 닉은 알고 있었다. 오후에 태양이 산 쪽으로 향하면, 송어들은 강의 반대쪽 서늘한 그늘로 들어갈 것이다.

가장 큰 놈들은 둑 가까이에 있을 것이다. 블랙 리버에서는 언제라도 그런 놈들을 잡을 수 있다. 해가 지면 그놈들은 언제나 급류 속으로 들어간다. 해가 지기 직전, 석양이 물에 비쳐 눈부신 빛을 발할 때면, 언제라도 급류에서 큰 송어들을 발견할 수 있다. 그러나 잡는 건 불가능하다. 햇빛에 반사된 물의 표면이 마치 거울처럼 눈을 멀게 하기 때문이다. 물론 상류에서는 잡을 수 있지만, 블랙 리버나 이곳 같은 강에서 물살을 거슬러 올라가 상류 깊은 곳까지 가면, 물을 뒤집어쓰게 된다. 물이 많고 물살이 빠른 상류에서 낚시를 하는 건 재미가 없다.

닉은 물이 깊은 장소를 찾으려고 둑을 살피며, 뻗어 있는 얕은 물을 따라 이동했다. 너도밤나무 한 그루가 가지를 강으로 내려뜨리고 있었고, 강물이 나뭇잎 아래로 흐르고 있었다. 그런 곳에는 언제나 송어가 있다.

그렇다고 그곳에서 낚시를 하고 싶지는 않았다. 낚싯바늘이 나뭇가지에 걸릴 게 분명했다.

하지만 물은 깊어 보였다. 닉이 메뚜기를 떨어뜨리자, 물살이 그것을 늘어진 가지 아래로 흘려보냈다. 낚싯줄이 팽팽하게 당겨지자 닉은 줄을 잡아챘다. 송어는 나뭇잎과 가지들 사이의 물에서 절반쯤 나와 거세게 몸부림을 쳤다. 그러자 낚싯줄이 가지에 걸렸다. 닉이 세게 잡아챘지만, 송어는 빠져나가 버렸다. 닉은 줄을 감고 낚싯바늘을 손에 든 채, 강을 따라 내려갔다.

왼쪽 둑 가까이에 커다란 통나무가 있었다. 속이 텅 비고 강을 바라보고 있어서, 물살이 부드럽게 그 속으로 들어오면서 통나무 양쪽에 약간의 포말을 일으켰다. 물은 점점 깊어지고 있었다. 속이 텅 빈 통나무는 회색으로 말라 있었고, 일부는 그늘에 잠겨 있었다.

닉이 메뚜기 병의 뚜껑을 열자, 한 마리가 뚜껑에 매달려 있었다. 닉은 그 녀석을 잡아 낚싯바늘에 꿰어 강물에 던졌다. 그는 낚싯대를 멀리 드리워, 메뚜기가 텅 빈 통나무 쪽으로 흘러가게 했다. 그러고는 낚싯대를 내려뜨려 메뚜기를 물 위에 띄웠다. 힘차게 잡아당기는 느낌이 왔다. 닉은 낚싯대를 잡아챘다. 낚싯바늘에 걸린 건, 살아 움직인다는 점만 빼면 마치 통나무 같았다.

그는 물고기가 물살 밖으로 나오도록 강제로 끌어올렸다. 드디어 송어가 무겁게 올라왔다.

낚싯줄이 느슨해지자 닉은 송어가 도망쳤다고 생각했다. 그러다가 그놈을 보았다. 아주 가까운 물속에서, 머리를 흔들어 대며 바늘을 떼내려고 애쓰는 커다란 송어를. 그놈은 입을 꾹 다문 채, 흐르는 맑은 물살 속에서 낚싯바늘과 사투를 벌이고 있었다.

닉은 왼손으로 낚싯줄을 잡아당기며 낚싯대를 잡아채 줄을 팽팽하게 해서 송어를 뜰채로 끌어오려고 했지만, 순간 송어는 보이지 않고 줄만 출렁거렸다. 닉은 물살을 거스르며 그놈과 싸웠으며, 그놈은 낚싯대의 반동에 저항하며 물속에서 요동쳤다. 그는 낚싯대를 왼손으로 바꿔 쥐고 저항하는 무거운 송어를 들어 올려 무게를 지탱한 다음, 드디어 뜰채 속에 집어넣었다. 송어는 뜰채 속에서 육중하게 반원을 그렸고, 뜰채에서는 물이 뚝뚝 떨어졌다. 닉은 낚싯바늘을 빼내고 그놈을 자루에 담았다.

그는 자루의 입을 벌려 물속에 살아 있는 두 마리의 커다란 송어를 보았다.

점점 깊어지는 강을 뚫고 닉은 속이 텅 빈 통나무 쪽으로 걸어갔다. 머리 위로 자루를 들어 올리자, 송어들이 물 밖으로 펄떡거렸다. 닉은 그것들이 물에 깊이 잠기도록 자루를 고쳐 메었다. 그런 다음 통나무에 가서 앉았는데, 바지와 신발에서 흘러내린 물이 강으로 들어가고 있었다. 그는 낚싯대를 내려놓고, 통나무의 그늘진 끝 쪽으로 가서 주머니에서 샌드위치를 꺼냈다. 샌드위치를 찬물에 헹구자, 물살이 빵 부스러기를 쓸어 갔다. 그는 샌드위치를 먹으면서 마실 물을 모자에 가득 담았다. 물을 마시기도 전에 물이 모자에서 흘러내렸다.

그늘 아래 통나무에 앉아 있으니 몸이 시원해졌다. 그는 담배를 꺼내 성냥으로 불을 붙이려 했다. 그러나 성냥은 조그만 연기를 남기며 잿빛 숯이 되어 사라졌다. 닉은 기대앉은 통나무의 단단한 부분에 다시 성냥을 긋고는, 담배를 피우며 강을 바라봤다.

앞에 있는 강은 좁아져서 늪지대로 들어가고 있었다. 강은 잔잔하고 깊어졌으며, 늪지대는 서로 바짝 붙어 있는, 가지가 견고한 삼나무들로 가득 차 있었다. 그런 늪지대를 빠져나가는 것은 불가능해 보였다. 나뭇가지들이 아주 낮게 자라 있었다. 그런 곳에서 나뭇가지와 부딪히지 않고 이동하려면 거의 땅을 기어야 할 것이다. 늪지대 동물들이 바닥을 기는 모습인 것도 같은 이유라고 닉은 생각했다.

읽을 것을 가져올걸 그랬다고, 닉은 후회했다. 책을 읽고 싶었다. 늪지대로 들어가기는 싫었다. 강을 내려다보았다. 커다란 삼나무가 개울을 완전히 가로질러 기울어져 있었다. 그 너머로 강이 늪지대로 흘러 들어가고 있었다.

닉은 거기로 들어가고 싶지 않았다. 물이 겨드랑이까지 차

오르는 곳으로, 잡은 물고기를 뜰채에 내려놓을 수도 없는 곳으로 송어를 잡으러 가는 것은 내키지 않았다. 늪지대에는 둑들이 맨살을 드러내고 있었고, 커다란 삼나무가 위를 가려 햇빛이 조금밖에 들어오지 않았다. 물살이 빠르고 깊은 곳에서의 낚시는 비극적일 것이다. 늪지대에서의 낚시는 비극적인 모험이었다. 닉은 그런 모험은 하고 싶지 않았다. 오늘은 더 이상 강을 따라 내려가고 싶지 않았다.

닉은 칼을 꺼내 칼날을 통나무에 박았다. 그런 다음 자루를 잡아당겨 손을 넣어 송어 한 마리를 꺼냈다. 꼬리 근처를 잡았는데, 살아 있는 놈이라 잡고 있기가 어려웠다. 그는 송어를 통나무에 내려쳤다. 송어는 경련을 일으키더니 더 이상 움직이지 않고 뻣뻣하게 굳었다. 닉은 그늘이 드리운 통나무에 그 송어를 올려놓고, 또 다른 송어도 같은 방식으로 목을 부러뜨려 나란히 놓았다. 정말 멋진 송어들이었다.

닉은 항문에서 턱 끝에 이르기까지 송어를 잘라 씻었다. 내장과 아가미와 혀가 한꺼번에 빠져나왔다. 두 놈 다 수컷이었다. 회백색 긴 줄 모양의 정액 덩어리가 부드럽고 깨끗하게 빠져나왔다. 안에 있는 것들이 한꺼번에 빠져나가니, 송어는 깨끗하고 간결해졌다. 닉은 내장은 밍크가 먹으라고 강기슭으로 던졌다.

그는 송어를 개울에 넣어 헹궜다. 물속에 있으니 그것들은 마치 살아 있는 것 같았다. 아직도 색이 선명했다. 그는 손을 씻고, 송어들을 통나무 위에서 말린 다음, 통나무에 펼쳐놓은 자루로 송어를 말아 싸서 묶고 뜰채에 넣었다. 칼은 아직도 통나무에 꽂혀 있었다. 그는 칼을 빼서 나무에 닦아 깨끗하게 한 다음, 주머니에 집어넣었다.

닉은 통나무 위에 서서 낚싯대를 잡고 무거운 뜰채를 멘 채, 물로 들어가 강기슭을 첨벙거리며 걸었다. 그러고는 둑으로 올라가 고지대를 향해 숲 속으로 들어갔다. 그는 캠프로 돌아가고 있었다. 그는 뒤를 돌아다보았다. 나무 사이로 강이 보였다. 늪지대에서 낚시를 할 날은 앞으로도 얼마든지 있을 것이다.

왕은 정원에서 일을 하고 있다가, 나를 보자 아주 기뻐하는 것 같았다. 우리는 정원을 걸었다. 이 사람이 왕비입니다. 그가 말했다. 왕비는 장미 덤불의 가지를 치고 있었다. 오, 안녕하세요. 왕비가 말했다. 우리는 큰 나무 밑에 앉았고, 왕은 위스키와 소다수를 가져오라고 했다. 우리에겐 아직도 좋은 위스키가 있다오. 왕이 말했다. 왕은 혁명위원회가 자기를 궁궐 밖으로 못 나가게 한다고 했다. 플라스티라스*는 좋은 사람이라고 믿소. 하지만 무섭게 꽉 막힌 사람이지요. 그가 그 사람들을 쏴 죽인 건 옳은 일이라고 생각하오. 케렌스키**가 사람 몇을 죽였다면 문제가 되겠지만. 물론 이런 일에서 가장 중요한 건 자기가 총살당하지 않는 것이지요.

나는 아주 즐거웠다. 우리는 오랫동안 이야기를 나누었다. 다른 모든 그리스인들처럼 그도 미국에 가고 싶어 했다.

*니콜라오스 플라스티라스(1883~1953). 총리직을 세 번 역임한 그리스의 장군. 헌신적인 공화주의자로 왕정복고를 막기 위해 두 차례 정변을 일으켰다.
**알렉산드르 표도로비치 케렌스키(1881~1970). 제정 러시아의 정치가로 러시아 혁명 당시 총리직을 지냈다.

헤밍웨이 문학의
시원

김성곤(서울대 영문과 교수)

간결하고 강력하며 하드보일드한 문체로 인해 20세기 들어 가장 많은 모방자를 배출했으며, 윌리엄 포크너와 더불어 현대 미국 문학의 아버지로 불리는 어니스트 헤밍웨이는 1899년 7월 21일 일리노이 주 시카고 근처의 오크 파크(Oak Park)에서 태어났다. 그의 부친 클래런스 헤밍웨이는 의사였는데, 어린 아들을 미시간 북부의 숲으로 데리고 다니면서 사냥과 낚시를 가르쳐주었다. 헤밍웨이는 어려서부터 권투와 미식축구 등 스포츠에 취미가 있었고, 특히 사냥과 낚시 그리고 그가 나중에 탐닉했던 투우는 그의 문학 세계와 불가분의 관계를 맺게 되었다.

1917년 고등학교를 졸업한 헤밍웨이는 〈캔자스시티 스타〉지의 기자로 일하다가, 1차 세계대전에 참전하기 위해 적십자사의 모집에 지원해 이탈리아 주둔 앰뷸런스 부대에 자원입대했다. 곧 이탈리아 전선으로 전속된 그는 1918년 7월 8일 이탈리아 병사들과 함께 있다가 박격포 탄에 맞고 혼자 살아남지만, 밀라노의 육군병원에서 237개의 파편을 다리에서 빼내는 대수술을 받게 되었다. 종전 후 그는 이탈리아 정부로부터 훈장을 받고 1919년 미국으로 돌아오고, 이듬해인 1921년 9월 3일에는 해들리 리처드슨과 결혼하여 〈토론토 스타〉지 특파원 자격으로 파리로 건너갔다.

당시 파리는 고국에 환멸을 느낀 젊은 망명 작가들이 모여, 전후의 정신적 패배감과 좌절감과 허무감 속에 방황하던 예술의 도시였다. 이들의 지도자였던 거트루드 스타인(Gertrude Stein) 여사는 그들을 '길 잃은 세대(The Lost Generation)'라고 불렀으며, 그녀의 유명한 말인 "그대들은 모두 길 잃은 세대이다(You are all a lost generation)"는 헤밍웨이의 첫 장편소설인 《태양은 다시 떠오른다(The Sun Also Rises)》(1926)의 에피그래프가 되었다.

'길 잃은 세대'의 기수였던 헤밍웨이의 문학적 영감의 근원이자 동시에 강박관념의 근원이었던 것은 바로 그가 직접 겪었던 '전쟁'이었다. 헤밍웨이는 자신의 경험을 통하여, 전쟁이 단순히 폭력과 부상과 죽음만을 초래하는 것이 아니라, 인간의 존엄성과 죽음의 존엄성마저도 파괴한다는 사실을 깨달았다. 따라서 헤밍웨이에게 있어서 전쟁 경험은 곧 파괴와 폭력과 혼란의 와중에서 살고 있는 현대인의 삶의 양상을 잘 나타내주는 강렬한 은유가 되었다. 또한 그로 하여금 죽음의 문턱에서 겨우 살아 돌아오게 해준 이탈리아 전선에서의 부상은, 헤밍웨이로 하여금 상처와 죽음과 불확실한 미래에 눈을 뜨게 해주었다. 그런 면에서, 헤밍웨이에게 있어서 육체적 부상은 곧 정신적 상처를 의미하는 것이었으며, 그의 대다수의 주인공들은 바로 그러한 정신적 상처로 인해 고통받는 사람들로 제시되고 있다. 예컨대 《태양은 다시 떠오른다》의 주인공인 제이크 반스는 전쟁으로 인해 성불구가 된 저널리스트인데, 그가 전장에서 입은 육체적 부상인 성 불능은 곧 그의 정신적인 상처—즉 전후 작가의 정신적인 황폐와 불모—를 상징하고 있다. 그런 의미에서 헤밍웨이의 세계관은 당시 서구 문명사회를 황무지(The Waste Land)로 보았던 엘리엇(T. S. Eliot)의 세계관과도 일치된다.

전쟁과 부상에 대한 헤밍웨이의 강박관념은 곧 죽음과의 대면이라는 또 하나의 강박관념과 연결된다. 그의 소설 속에서 죽음은 잔혹한 '함정'으로 묘사되거나 아니면 피할 수 없는 '불운'으로 제시되며, 또한 경험과 시련의 최후의 시금석으로서 제시된다. 헤밍웨이는 죽음과의 대면과 상징적인 상처, 그리고 거기에서 비롯되는 공포, 용기, 패배, 승리 등의 모티브를 전쟁뿐만 아니라 투우와 사냥을 통해서도 제시하고 있다. 예컨대 《태양은 다시 떠오른다》와 《오후의 죽음(Death in the Afternoon)》(1932)의 '투우'가 그렇고, 《아프리카의 푸른 언덕(Green Hills of Africa)》(1935)과 《프랜시스 매컴버의 짧고 행복한 삶(The Short Happy Life of Francis Macomber)》(1936)의 '사냥'이 그러하다.

헤밍웨이가 보는 세계는 전쟁으로 인해 인간의 존엄성과 이성적 역사의 흐름이 파괴되어버린, 폭력과 상처와 죽음만이 남아 있는 세계였다. 헤밍웨이의 이러한 세계관은 그의 초기작 《우리들의 시대에》의 주인공 닉 애덤스를 통해 잘 나타나고 있다. 모두 열다섯 편의 단편으로 이루어진 이 작품은 매 단편 앞에 열다섯 개의 삽입 장을 싣고 있는데, 이 삽입 장들은 모두 전쟁 중에, 또는 투우 관전 중에 헤밍웨이가 직접 겪고 목격했던 장면들을 스케치한 것으로, 주인공 닉 애덤스의 경험과도 긴밀하게 병치되고 있다. 《우리들의 시대에》는 성인 세계의 폭력과 상처와 죽음을 목격하고, 안정과 평화를 마련해주지 못하는 어른들의 무능력을 깨달으며, 비정하고 잔혹한 현실 세계에 눈을 떠가는 닉 애덤스라는 한 소년의 입문 과정을 추적한 일련의 단편들의 묶음이자 동시에 하나의 통일된 장편이라고 할 수 있다.

맨 처음에 수록된 단편인 〈인디언 캠프(Indian Camp)〉는 바로 그러한 폭력과 상처와 죽음의 세계를 처음 목격하고 충격받는 어린 닉의 모습을 잘 묘사하고 있다. 이 단편은, 두 명의 인디언이 이틀째 해산을 못 하고 있는 한 인디언 여인을 살리기 위해 백인 의사인 닉의 아버지를 데리러 새벽에 찾아오고, 닉과 닉의 아버지, 그리고 삼촌 조지가 그들을 따라 강을 건너 인디언 캠프로 가면서부터 시작된다. 그들이 인디언 오두막에 도착했을 때, 아이는 거꾸로 나오려 하고 있었고, 인디언 여인은 고통에 못 이겨 비명을 지르고 있었으며, 그녀가 누운 간이침대 위층에는 사흘 전 도끼로 발을 심하게 다친 그녀의 남편이 누워 있었다. 어린 닉은 인디언 여인을 동정하여 아버지에게 그녀를 도와달라고 부탁한다.

바로 그때, 여자가 또 비명을 질렀다.

"아빠, 저 여자가 소리 지르지 않게 약을 주면 안 돼요?"

"진통제는 안 가져왔어." 아버지가 말했다. "하지만 비명은 중요하지 않아. 그래서 난 듣지 않는단다."

아버지는 그렇게 말하며, 마취제도 없이 잭나이프로 제왕절개 수술을 해서 아이를 꺼낸 다음, 9피트짜리 낚싯줄로 여인의 상처를 꿰맨다. 열악한 상황에서 적절한 도구도 없이 수술을 마친 닉의 아버지는 스스로를 대견스러워한다. 그러나 곧 그들은 위 침상에 누워 있던 인디언 남편이 아내의 고통을 차마 견딜 수 없어 면도칼로 자신의 목을 그어 자살했다는 사실을 알게 된다. 아버지는 닉에게 그 끔찍한 광경을 보이지 않으려고 하지만, 닉은 이미 모든 것을 다 본 후였다.

〈인디언 캠프〉에서 닉의 아버지는 닉에게 아무런 신뢰나 안정을 주지 못한다. 문명과 과학의 대표자인 의사로서 그는 우선 여인의 고통을 덜어줄 마취제나 새로운 생명의 탄생을 위한 적절한 기구를 갖고 있지 않다. 그는 마취제도 없이 잭나이프로 수술을 하면서도 "비명은 중요하지 않아"라고 닉에게 말한다. 그러나 실제 그녀의 비명은 남편을 자살하게끔 만들 정도로 고통스럽고 '중요한' 것이었다. 닉은 아버지와의 여행을 통해 폭력과 상처와 죽음을 보았고, 그러한 세상에서 새로운 생명의 탄생은 곧 죽음을 수반할 만큼 고통스러운 것이라는 사실을 깨닫게 된다.

사실 헤밍웨이에게 있어서 탄생은 언제나 죽음을 수반하며 자궁(womb)은 언제나 무덤(tomb)과 연결되는 것이었다. 예컨대 장편《무기여 잘 있어라》에서 여주인공 캐서린 바클리는 스위스의 병원에서 제왕절개 수술을 하지만 끝내 새 생명을 탄생시키지 못하고 아이와 함께 죽는다. 또 단편〈흰 코끼리 같은 언덕(Hills Like White Elephants)〉에서도 아이를 낳고 싶어 하는 여자와 임신중절을 원하는 남자가 낙태 수술 여부를 둘러싸고 벌이는 말다툼에서 탄생과 죽음의 이미지가 고통스럽게 교차되고 있다.

〈인디언 캠프〉의 마지막에 닉은 전혀 다른 사람이 되어 집으로 돌아온다. 유명한 헤밍웨이 학자인 필립 영(Philip Young)의 지적대로, 이 작품의 초반에 닉은 아버지에게 기대어 의존하며 보트를 타고 인디언 캠프로 간다. 그러나 작품의 마지막에 닉은 아버지와 떨어져 혼자 보트의 이물에 앉은 채 돌아온다. 닉은 끔찍한 현실과 아버지의 무력함을 목격했고, 그에 따라 이제 스스로 홀로 설 준비가 된 성숙한 인간이 된 것이다.

《우리들의 시대에》의 두 번째 이야기인 〈의사와 의사의 부인(The Doctor and the Doctor's Wife)〉에서 닉은 다시 한 번 아버지의 나약함과 어머니의 독선에 대해 실망을 느낀다. 아버지는 싸움을 걸어온 거친 인디언 혼혈에 맞서 싸우는 대신 집으로 돌아오고, 집에서는 기독교 근본주의자인 어머니가 아버지를 교화시키고 지배하려고 한다. 아버지는 폭력과 독선이 지배하는 세상에서 자신을 지키지도 못할뿐더러, 더 이상 아이들을 보호해 주지도 못한다. 그럼에도 불구하고, 작품의 마지막에 아버지와 아들은 같이 집을 떠나 (닉은 어머니의 부름을 거부하고) 숲으로 사냥을 떠난다. 비평가 레슬리 피들러(Leslie A. Fiedler)가 지적한 대로, "문명과 여성과 집을 떠나 광야로 나간 남성들의 유대" 모티브가 미국 문학의 특징으로서 이 작품에도 면면히 나타나고 있는 것이다.

세 번째 이야기인 〈무언가의 종말(The End of Something)〉에서 닉은 다소 성장해서 여자 친구 마저리와 낚시를 간다. 그러나 닉은 여자 친구와의 사랑으로부터도 아무런 위안이나 즐거움을 느끼지 못하고 결국은 낚시터에서 결별을 선언한다. 닉은 이 파괴적이고 폭력적인 세상에서 여자를 만나 사랑을 하고 아이를 갖는 것에 대해 아무런 의미를 찾지 못하고 회의에 빠진다. 그러면서도 그는 이별의 외로움과 슬픔에 가슴 아파한다. 이 단편은 전후의 폐허와 허무 속에서 방황하던 헤밍웨이의 인생관을 잘 보여주고 있다. 어린 나이에 이미 "무언가의 종말"

을 겪고 가슴속에서 무언가가 깨진 경험을 한 닉이 혼자 남았을 때, 그의 친구 빌이 나타난다. 여성과의 사랑이 떠난 자리에 대신 들어오는 것은 언제나 남성과의 우정이다.

네 번째 이야기인 〈사흘간의 폭풍(The Three-Day Blow)〉에서 닉은 여자 친구와 결별한 후, 남자 친구 빌과의 우정을 새롭게 하며 술과 스포츠와 문학의 세계에 눈을 뜨기 시작한다. 마저리가 떠나간 후, 닉은 사흘간의 폭풍이 오기 직전, 마을에서 멀리 떨어진 친구 빌의 과수원 오두막에 가서 지낸다. '폭풍'은 사랑을 상실한 '닉의 어지러운 심리 상태'의 상징이며, '3일'은 예수의 죽음과 장례와 부활을 의미하는 '재생'의 상징이라고 볼 수 있다. 과연 이 작품에서 닉은 심리적 폭풍을 겪은 후, 보다 더 성숙한 성인으로 다시 태어나게 된다.

빌의 아버지는 사냥을 나가고 없어서 둘은 술을 마시며, 스포츠와 문학에 대해 남자끼리의 대화를 나눈다. 워싱턴 어빙(Washington Irving)이 미국 본격문학의 시효라고 불리는《립 밴 윙클》에서 말하고 있듯이, 남자를 교화시키려는 여성의 잔소리를 피해 떠나온 남성들의 세계에서 가장 필요한 것은 술과 스포츠다. 과연 닉과 빌은 위스키를 마시며 야구에 대한 대화를 나눈다. 그리고 화제가 닉의 전 여자 친구 마저리에 이르렀을 때, 빌은 닉이 현명한 판단을 내렸다고 칭찬하며, 마저리의 엄마가 얼마나 끔찍한 여자인가를 상기시켜준다. 그 순간, 마저리의 어머니는 곧 닉 어머니의 부정적인 이미지와 겹쳐지고, 더 나아가 마저리도 언제인가는 그렇게 끔찍하게 변할 것이라는 것을 강력하게 시사해주고 있다.

헤밍웨이에게 있어서 여성은 폭력 및 죽음과 대면해야만 하는 남성에게 위로를 주는 존재여야만 하는데, 그의 작품 속에서 여성은 오히려 남성에게 위협이 되거나 남성을 파멸시키는 존재로 자주 등장한다. 사실 현실에서는 남성도 끔찍하게 변할 수 있고 남성이 여성을 파멸시킬 수도 있는데, 헤밍웨이는 그 점에 대해서는 침묵하고 있다. 여성에 대한 이러한 부정적 취급으로 인해 헤밍웨이는 레슬리 피들러와 더불어 페미니스트들로부터 비판의 대상이 되기도 한다.

다섯 번째 이야기인 〈권투선수(The Battler)〉에서 닉은 드디어 집을 떠나 현실 세계로 나간다. 세상에 나가자마자 닉은 기차의 악질 보조 차장으로부터 얻어맞고 기차에서 떨어진다. 즉 닉의 현실과의 최초의 조우는 폭력이며, 그 사건을 통해 닉은 세상이 폭력으로 점철되어 있다는 사실을 깨닫게 된다.

그런 다음 그는 자신이 숭배했던 아이돌 권투선수 애드 프랜시스를 만나는데, 그는 이제 더 이상 영웅이 아닌 미친 부랑아로서 얼굴은 끔찍하게 일그러져 있다. 닉이 부모로부터 떠나 세상에서 처음 만나 잠시나마 같이 지내게 된 사람이 바로 그의 우상이었던 권투 챔피언이자, 지금은 기형적으로 일그러진 광인이라는 사실은 어린 시절의 낭만적 이상과 성인 사회의 현실이 얼마나 다른 것인가를 극명하게 잘 보여주고 있다. 더구나 애드 프랜시스가 잠시 후 정신이 이상해져 닉에게 폭력까지 휘두르려고 하자, 닉은 그 자리를 피한다. 그러한 과정에서 세상과 현실에 대한 닉의 실망과 좌절이 시작되고, 동시에 그의 눈뜸과 깨달음과 정신적 성장의 과정도 진행된다: 이 작품에는 흑인 부랑자도 등장하는데, 이 소설의 배경인 20세기 초에는 나이에 상관없이 흑인은 백인에게 경어를 써야만 하던 시절이어서 번역도 거기에 맞추어 했다.

〈아주 짧은 이야기(A Very Short Story)〉는 헤밍웨이가 실제로 밀라노의 병원에 입원했을 때 만나 사랑에 빠졌지만 결실을 맺지 못한 미국인 간호사 아그네스와의 로맨스와 비슷하다. 부상당한 주인공 병사와 그를 돌보던 간호사 루즈의 짧은 사랑은 주인공이 미국으로 떠나면서 끝이 나고, 루즈는 주인공을 버리고 이탈리아 소령과 사랑을 나누지만 소령은 그녀와 결혼하지 않는다. 그리고 절교 편지를 받고 자포자기에 빠진 미국인 주인공은 여자로부터 성병을 얻는다. 사랑은 이루어지지 않고, 다만 의미 없는 섹스와 그 결과로 주어지는 성병으로 끝나는 이 단편은 다시 한 번 헤밍웨이의 허무 의식을 잘 드러내주고 있다.

〈병사의 집(Soldier's Home)〉은 1차 세계대전에 참전하고 살아 돌아온 전쟁 영웅 크렙스의 소외와 고립을 뛰어난 솜씨로 묘사하고 있는 단편이다. 우선 크렙스는 참전 용사 귀환 환영식이다 끝난 후 너무 늦게 돌아와서, 환영받을 기회도, 또 자연스럽게 현실에 적응할 기회도 놓쳐버렸다. 더욱이, 전장에서 모든 전통적인 가치관을 상실하고 폭력과 죽음을 목격하고 돌아온 병사 크렙스는 가정도 마을도 사회도 자신에게 아무런 위안과 안정을 주지 못한다는 것을 발견하고 점점 더 고립되어 간다. 그는 전쟁에 대해 이야기하고 싶어 하지만 아무도 듣기를 원하지 않으며, 간혹 그의 어머니가 찾아와서 전쟁 이야기를 해달라고는 하지만 그의 말을 경청하지는 않는다. 끝내 등장하지 않는 그의 아버지도 아들에게 위로나 안정을 주지 못한다. 자신의 어머니가 매달려 있는 종교와 사회로부터도 아무런 위안이나 구원책을 찾지 못한 채 크렙스는 주위와 단절된 채 모든 것을 상실해간다.

〈병사의 집〉은 1차 세계대전에서 돌아온 병사들의 좌절과 환멸을 심리적으로 잘 그려내고 있다. 실제로 유럽의 전장에서 돌아온 병사들이 1920년대 초 미국에서 목격한 것은 전쟁 군수산업의 여파로 흥청망청하는 과소비, 날마다 열리는 파티와 문란한 풍속, 그리고 전쟁에 대한 무지와 무관심이었다. 이러한 미국의 현실에 좌절한 상당수의 젊은이들은 다시 파리로 떠났고, 타국에서 방황하는 소위 '길 잃은 세대'로 탄생하게 되었다. 크렙스는 기독교도인 어머니를 싫어한다. 크렙스가 기도해달라는 어머니의 요청을 거절하고, 어머니를 사랑하지 않는다고 선언하는 장면은, 제임스 조이스의 《율리시스》에 나오는 정신적 망명객 스티븐 데덜러스와 교회를 신봉하는 그의 어머니와의 매끄럽지 못한 관계를 연상시킨다.

〈혁명가(The Revolutionist)〉는 암울한 세상에서 혁명을 꿈꾸는 나이브한 사람들이 결국은 중립국 스위스에서 체포되어 감옥에 갇히는 현실을 묘사하고 있으며, 〈엘리엇 부부(Mr. and Mrs. Elliot)〉는 아무리 노력해도 아이를 갖지 못하는 미국인 부부의 이야기를 통해 풍요가 사라진 황무지에서 겪는 현대인의 황폐한 삶을 그리고 있다. 아이가 생기지 않으면서 엘리엇 부부의 관계는 점차 비정상적이 되어간다. 남편 엘리엇은 물론 열심히 시를 쓰고 있지만, 그 시가 과연 아이를 대신할 수 있을지는 확신할 수 없다.

〈빗속의 고양이(Cat in the Rain)〉는 대화가 단절된 미국인 부부의 이야기다. 유럽에 와 있지만, 남편은 침대에서 책만 읽고 있으며, 아내는 모르는 사람들로 가득 찬 호텔에 고립되어 무료하게 나날을 보내고 있다. 무심한 남편은 아내에게 관심을 보이지도 않고, 아내가 원하는 것이 무엇인지도 모르고 있다. 소외된 아내는 아이 대신 고양이라도 갖고 싶어 하며, 헤어스타일이라도 바꾸고 싶어 하지만, 남편은 전혀 관심이 없거나 반대만 한다. 이는 닉이 마저리와 결혼했을 때의 미래 모습처럼 보인다.

〈계절이 끝나고(Out of Season)〉 역시 이탈리아에 와 있는 서로 단절된 미국인 부부의 이야기다. 이들은 현지 안내인 페두치의 안내로 강에 가서 낚시를 하려고 하지만, 결국 그들의 계획은 무산되고 만다. 부부 사이는 시종 어색하고 굳어 있으며, 여자는 남편과 나란히 걸어가려고 하지 않고 언제나 저만큼 뒤처져서 걷는다. 낚시도 이미 시즌이 끝나 관청에서 금지령이 내려 있다. 그들의 사랑이나 낚시는 모두 '계절이 끝나버린' 상태여서 더 이상 가능하지 않은 것처럼 보인다.

〈사방에 내리는 눈(Cross-Country Snow)〉은 스위스에서 스키를 타고 있는 닉과 조지의 이야기다. 이 작품에서도 다시 한 번 집과 가정을 떠나 광야에서 이루어지는 남성들끼리의 우정이 주제가 되고 있다. 설원에서 스키를 타고 난 후 술집에서 두 사람이 나누는 대화에 이 단편의 주제가 드러난다.

조지와 닉은 행복했고, 서로가 좋았다. 하지만 곧 그들은 고향으로 돌아가야 했다.

"언제 학교로 돌아가야 해?" 닉이 물었다.

"오늘 밤에." 조지가 대답했다. "몽트뢰에서 10시 40분 기차를 타야 해."

"가지 말고 내일 당 뒤 리에서 스키나 탔으면 좋겠다."

"졸업은 해야잖아." 조지가 말했다. "젠장, 마이크. 여기서 빈둥거리고 싶지 않아? 스키도 타고, 기차로 좋은 데 가서 술집에서 자고, 오버란트를 지나 발레를 거쳐 엥가딘까지 가는 거야. 배낭에 스키 수선 장비랑 스웨터, 파자마만 넣고. 빌어먹을 학교는 다 잊어버리고 말이야."

"그래. 슈바르츠발트를 관통해서 가는 거지. 젠장, 멋진 곳이 얼마나 많은데."

"거기서 지난여름에 낚시했잖아."

그들은 다시 학교와 고향으로 돌아가야만 하지만, 그러기 싫어한다. 조지가 닉에게 묻는다.

"미국으로 돌아갈 거야?"

"그렇게 될 것 같아."

"그러고 싶어?"

"아니."

그들은 미국에서도 같이 스키를 타고 싶어 하지만 그것이 불가능하다는 것을 잘 알고 있다. 일단 돌아가면 학교와 가정에 충실해야 하기 때문이다. 더욱이 미국의 산들은 스키 타기에 적합하지가 않다. 이 단편에서 닉의 아내 헬렌은 임신 중이다. 그럼에도 닉은 고향으로 돌아가는 것을 꺼리고 있다. 폭력과 죽음이 도처에 널려 있는 이 세상에 어린아이를 내보내는 것이 꺼려지고, 아버지의 역할을 수행하기가 두렵기 때문이다.

〈우리 아버지(My Old Man)〉에서 헤밍웨이는 다시 한 번 '아버지와 아들 모티브'를 다루고 있다. 아들 조의 시각으로 진행되는 이 단편에서 주인공 조가 바라보는 아버지의 이미지는 문학사에서 가장 인상적인 것 중 하나로 알려져 있다. 미국인인 조의 아버지는 이탈리아 밀라노에서 살고 있는 장애물 경주 기수다. 그러나 그는 밀라노의 경마에 만족하지 못하고 파리로 온다. 아버지는 유능한 기수지만, 체중이 불어서 늘 감량을 해야만 한다. 파리에서 계약을 따내지 못한 아버지는 주로 카페에서 시간을 보내며, 기수와 짜고 사기 경마를 해서 돈을 번다. 그렇게 해서 번 돈으로 장애물 경주마를 구입한 아버지는 직접 기수로 뛰게 된다. 그러나 불행히도 두 번째 경기에서 사고가 발생해 아버지는 자기 말에 깔려 경기 도중 사망한다. 조는 사람들로부터 아버지가 경마 사기를 했기 때문에 죽음을 자초했다는 말을 듣는다. 조는 이제 아버지 없이 독립해 홀로 살아나가야만 한다.

〈두 개의 심장을 가진 큰 강(Big Two-Hearted River)〉의 1부와 2부에서 닉 애덤스는 불타버린 폐허에서도 절망하지 않고 낚시를 해 두 마리의 큰 송어를 잡는다. 불타버린 폐허는 헤밍웨이가 보는 전후 사회의 모습이다. 화재로 모든 자연 생태계가 파괴되고 시커먼 색으로 변했지만 닉은, 여전히 강은 흐르고 있고, 송어들은 강바닥에 모여 살고 있으며, 메뚜기들 또한 살아남기 위해 보호색인 검정색으로 진화했다는 사실을 발견하고 고무된다. 강가에서 캠핑하며 닉은 자연과 합일되어 평화롭게 지내며 자신의 정신적 상처를 치유한다. 헤밍웨이에게 있어서 낚시는 기원과 기구의 상징이고, 강은 생명의 원천이며, 송어는 풍요와 구원의 상징이다. 그런 면에서 불타버린 강가에서 시도하는 닉의 낚시는 대단히 긍정적이고 상징적이다.

헤밍웨이는 전후의 허무주의와 절망에 빠진 상처 입은 주인공의 암울한 이야기로 자신의 문학을 시작했지만, 궁극적으로는 폭력과 죽음을 극복하고, 폐허에서도 풍요와 재생을 기구했던 긍정적인 작가였다. 그런 면에서 보면, 《우리들의 시대에》는 그 이후에 나온 《무기여 잘 있어라》나 《노인과 바다》에서도 부단히 탐색되고 있는 헤밍웨이 특유의 문학 세계를 미리 예시해주고 있는 중요한 작품이라고 할 수 있을 것이다.

7월 21일 미국 시카고 근교의 부유한 프로 **1899**
테스탄트 백인들이 살던 오크파크에서 의사
인 아버지 클래런스 헤밍웨이와 오페라 가
수인 어머니 그레이스 홀의 2남 4녀 중 둘
째로 태어남. 낚시와 사냥을 즐기는 아버지
와 감정이 풍부한 예술가 어머니 사이에서
풍족한 어린 시절을 보냄. 아버지를 따라다
니며 사냥, 낚시, 캠핑 등을 즐겼고, 이 시
기에 형성된 자연과 야외활동에 대한 사랑
이 평생 지속됨. 이때의 기억은 초기 단편집
《우리들의 시대에》의 토대가 됨.

오크파크 고등학교에 입학해 학교 주간신문 **1913**
인 〈트라피스〉와 잡지 《태뷸라》에 글을 기
고함.

고등학교 졸업 후 대학에 진학하지 않고 **1917**
〈캔자스시티 스타〉 신문사의 기자로 6개월

간 일함. 〈캔자스시티 스타〉의 문체 가이드 (간결한 문장을 쓸 것, 힘 있는 영어를 구사할 것, 형용사를 자제할 것 등)는 훗날 헤밍웨이 '하드보일드' 문체의 바탕이 됨.

1918 1차 세계대전에 참전하기 위해 지원하지만 시력 문제로 입대하지 못하고, 적십자 부대의 앰뷸런스 운전병으로 투입됨. 곧 북이탈리아 전선에 배치되나 박격포 포격으로 두 다리에 중상을 입어 6개월간 입원함. 부상에도 불구하고 동료 이탈리아 병사를 구한 공로로 이탈리아로부터 무공훈장을 받음. 당시 치료를 받던 밀라노의 적십자병원에서 일곱 살 연상의 미국인 간호사 아그네스 폰 쿠로브스키를 사랑하게 되고, 이때의 경험은 《무기여 잘 있어라》를 비롯한 여러 작품에 모티브가 됨.

1919 종전 후 전쟁 영웅으로 귀향. 아그네스로부터 다른 사람과 결혼한다는 작별 편지를 받고 실의에 빠짐.

1920 오크파크를 떠나 시카고에 정착. 헤밍웨이의 첫 번째 부인이 되는 여덟 살 연상의 여인 엘리자베스 해들리 리처드슨을 만남. 소설가 셔우드 앤더슨과 교류 시작.

1921 9월 해들리 리처드슨과 결혼. 〈토론토 스타〉 신문사의 유럽 특파원으로 채용되어 파리로 이주. 카르티에 라탱 지구의 카르디날 르무안가 74번지에 정착. 파리의 국외자 그룹을 형성하고 있던 거트루드 스타인, 에즈라 파운드, 제임스 조이스 등 당대의 걸출한 문인들과 교류.

226

〈토론토 스타〉 특파원으로 그리스-터키 전쟁 취재. 해들리가 파리의 리옹 역에서 헤밍웨이의 습작 원고를 모두 분실.

1922

아내와 함께 처음으로 스페인 팜플로나를 여행하고 투우에 매혹됨. 토론토에서 장남 준(애칭 '범비') 출생. 첫 작품집 《세 편의 단편과 열 편의 시》를 파리의 컨택트퍼블리싱 컴퍼니에서 한정판으로 출간.

1923 《세 편의 단편과 열 편의 시》

소설가이자 비평가인 포드 매덕스 포드를 도와 《트랜스아틀랜틱 리뷰》 편집에 참여. 자전적 인물 '닉 애덤스'가 등장하는 단편집 《우리들의 시대에》가 파리의 스리마운틴스 프레스에서 출간됨.

1924 《우리들의 시대에》

아내의 친구이자 《보그》지의 기자인 폴린 파이퍼를 알게 됨. 몽파르나스의 '딩고 바'에서 당시 이미 작가로서의 명성을 얻은 F. 스콧 피츠제럴드를 우연히 만남. 헤밍웨이의 재능을 알아본 그가 자신의 편집자인 미국 스크리브너 출판사의 맥스웰 퍼킨스를 소개해주려 했으나, 간발의 차이로 먼저 계약한 뉴욕의 보니앤드리버라이트 출판사에서 미국판이 나옴. 그러나 이후 헤밍웨이의 모든 작품은 스크리브너 출판사에서 출간됨.

1925

5월 단편집 《봄의 격류》 출간. 6월 아내 해들리와 아내의 친구 폴린 파이퍼와 함께 투우 경기를 보러 스페인 팜플로나를 여행함. 폴린과 사랑에 빠지면서 8월 아내와 이혼. 10월 첫 장편인 《태양은 다시 떠오른다》를 출간. 전후 삶의 방향을 잃은 젊은이들의 방황을 사실적으로 묘사한 이 소설로 문단의 호

1926 《봄의 격류》 《태양은 다시 떠오른다》

평과 대중의 인기를 얻으며 큰 주목을 받음.

5월 폴린 파이퍼와 결혼. 가톨릭 신자인 폴린 파이퍼를 따라 가톨릭으로 개종함. 10월 단편집《남자들만의 세계》출간.	1927	《남자들만의 세계》
폴린과 함께 파리를 떠나 플로리다의 키웨스트로 이주. 6월 둘째 아들 패트릭 출생. 겨울과 여름을 플로리다의 키웨스트와 와이오밍을 오가며 생활. 12월 아버지 클래런스 헤밍웨이가 우울증으로 자살해 큰 충격을 받음.	1928	
1차 세계대전 참전 때의 경험을 담은《무기여 잘 있어라》출간. 상업적으로 큰 성공을 거둠.	1929	《무기여 잘 있어라》
11월 캔자스시티에서 셋째 아들 그레고리 출생.	1931	
쿠바의 수도 아바나에 머무르며 낚시 여행을 함. 투우에 관한 논픽션《오후의 죽음》 출간.	1932	《오후의 죽음》
폴린과 함께 스페인과 파리를 여행하고 케냐에서 사파리 여행을 함. 10월 단편집《승자는 아무것도 얻지 못한다》출간.	1933	《승자는 아무것도 얻지 못한다》
배를 구입하고 '필라'호로 이름 지음.	1934	
10월 아프리카에서의 사냥과 사파리 이야기를 담은 에세이집《아프리카의 푸른 언덕》출간.	1935	《아프리카의 푸른 언덕》

《에스콰이어》지에 단편 〈킬리만자로의 눈〉 발표. 《코즈모폴리턴》지에 단편 〈프랜시스 매컴버의 짧고 행복한 생애〉 발표.	1936	
'북아메리카신문연맹' 특파원으로 스페인 내전을 취재함. 영화감독 요리스 이벤스와 함께 내전에 관한 다큐멘터리 〈스페인의 대지〉를 제작하고 해설을 씀. 이곳에서 미국의 저널리스트이자 소설가인 마사 겔혼과 처음 만남. 10월《가진 자와 못 가진 자》출간.	1937	《가진 자와 못 가진 자》
다큐멘터리의 해설을 《스페인의 대지》로 출간. 〈킬리만자로의 눈〉과 〈프랜시스 매컴버의 짧고 행복한 생애〉가 포함된 《제5열 및 첫 번째 49편의 단편》출간. 〈제5열〉은 헤밍웨이의 유일한 희곡 작품임.	1938	《스페인의 대지》 《제5열 및 첫 번째 49편의 단편》
폴린과 별거하고, 쿠바 아바나 근교의 농장에서 마사 겔혼과 지냄. 헤밍웨이는 이 농장을 '핑카 비히아(전망 좋은 농장)'로 명명.	1939	
10월 스페인 내전의 경험을 토대로 한 《누구를 위하여 종은 울리나》출간. 폴린과 이혼하고 마사 겔혼과 결혼. 플로리다의 집을 폴린에게 주고 마사와 함께 '핑카 비히아'에 정착.	1940	《누구를 위하여 종은 울리나》
일본의 중국 침략 전쟁을 취재하는 마사를 따라 극동아시아 여행. 미국이 2차 세계대전에 참전함에 따라 자신의 배 '필라'호를 일종의 Q보트(독일군 잠수함을 공격하기 위해 상선으로 위장한 영국 군함)로 운영하도록 허가받아 쿠바 해안을 순찰했지만 성과는 없었음.	1941	

10월 《전쟁하는 사람들》을 편집하고 서문을 씀.	1942	《전쟁하는 사람들》
《콜리어》지 특파원으로 유럽 전쟁을 취재하며 연합군의 노르망디 상륙작전, 파리 입성, 독일 진격 등을 취재. 전투 자격이 없는 취재원이면서 의용군을 이끈 것이 문제가 되어 고발당하지만 결국에는 취재 등의 공훈을 인정받아 1947년 청동성장 훈장을 받음.	1943	
런던에서 만난 《타임》지 기자 메리 웰시와 사랑에 빠짐. 마사 겔혼과 이혼.	1945	
헤밍웨이의 마지막 아내가 될 메리 웰쉬와 결혼 후 아이다호 주 케첨으로 이주.	1946	
메리와 유럽을 여행하고, 베네치아에서 수개월 체류. 이곳에서 열아홉 살의 소녀 아드리아나 이반치치에게 연정을 품고 그녀에게서 받은 영감으로 《강을 건너 숲 속으로》의 여주인공 레나타를 그림.	1948	
10년 만에 《강을 건너 숲 속으로》 출간, 평론가들의 혹평을 받음.	1950	《강을 건너 숲 속으로》
어머니 그레이스 헤밍웨이 사망.	1951	
9월 《라이프》지에 〈노인과 바다〉 발표 후 이어서 단행본으로 출간. 잡지 발행 이틀 만에 530만 부가 팔리고 단행본 선주문만 5만 부에 달하는 화제를 불러일으킴.	1952	《노인과 바다》
《노인과 바다》로 퓰리처상 수상. 메리와 아프리카로 사파리 여행을 떠남.	1953	

아프리카에서 두 번의 비행기 사고를 당하고 중상을 입음. 조난 후 소식이 두절된 사이 헤밍웨이가 사망했다는 소문이 퍼지며 각종 신문에 부고가 실렸고, 이후 구조되어 병원에 입원한 헤밍웨이는 이를 흥미진진하게 읽음. 노벨문학상 수상. 부상으로 인해 시상식에는 참석하지 못함.	1954	
스페인을 방문해 투우 관람. 고혈압 등의 여러 질병으로 건강 악화.	1959	
피델 카스트로가 재산국유화를 선언하자 쿠바를 떠나 아이다호에 정착. '핑카 비히아'는 정부에서 소유함(나중에 헤밍웨이 박물관으로 개조). 《라이프》지에 투우에 관한 글 〈위험한 여름〉 기고. 과대망상증과 우울증으로 미네소타의 병원에 입원.	1960	
몇 번의 자살 시도와 입원을 거친 후 7월 2일 아이다호 케첨 자택에서 엽총으로 생을 마감.	1961	
〈토론토 스타〉 시절의 기사들을 모아서 편찬한 《헤밍웨이:격정의 시절》 출간.	1962	《헤밍웨이:격정의 시절》
파리 시절에 대한 회고록들을 모은 에세이집 《움직이는 축제》 출간.	1964	《움직이는 축제》
헤밍웨이의 신문 기사들을 모은 《필자:어니스트 헤밍웨이》 출간.	1967	《필자:어니스트 헤밍웨이》
기존에 발표된 희곡 〈제5열〉에 미발표 단편 4편을 엮은 《제5열과 스페인 내전 단편 4편》 출간. 헤밍웨이 사후 쏟아져 나온 수많은 전기들 중 현재까지도 가장 표준적 준거	1969	《제5열과 스페인 내전 단편 4편》

로 여겨지는 카를로스 베이커의 《어니스트 헤밍웨이:인생 이야기》가 스크리브너에서 출간됨.

미완의 소설 《만류 속의 섬들》 출간. 〈캔자스시티 스타〉 시절의 기사들을 모은 《통신원 어니스트 헤밍웨이:캔자스시티 스타 이야기》 출간.	1970	《만류 속의 섬들》
고등학교 신문과 잡지에 실은 글들을 모은 《어니스트 헤밍웨이의 도제시절:오크파크, 1916~1917》 출간.	1971	
'닉 애덤스 단편'을 모두 모아 연대기순으로 편집한 단편소설집 《닉 애덤스 이야기》 출간.	1972	《닉 애덤스 이야기》
매사추세츠 월섬의 미국국립문서보존소 분관에서 헤밍웨이의 원고와 편지들을 대중에게 공개, 헤밍웨이 연구가 더욱 활성화됨.	1975	
헤밍웨이의 시들을 모은 《88편의 시》 출간. '헤밍웨이 산업'이라 불릴 정도로 활발한 비평적 관심의 결과 헤밍웨이에 대한 평론만을 싣는 저널 〈헤밍웨이 노트〉가 창간됨.	1979	
헤밍웨이의 원고들이 미국국립문서보존소에서 보스턴의 존 F. 케네디 도서관 특별전시실로 옮겨짐.	1980	
〈헤밍웨이 노트〉가 정식학술지 《헤밍웨이 리뷰》가 됨. 카를로스 베이커가 편찬한 《어니스트 헤밍웨이:편지 선집, 1917~1961》 출간.	1981	《어니스트 헤밍웨이: 편지 선집, 1917~1961》

《시 전집》 출간.	1983	《시 전집》
〈토론토 스타〉에 기고한 기사들을 모은 《날짜 기입선:토론토》 출간. 미공개 글 몇 편과 함께 《라이프》지에 기고했던 〈위험한 여름〉을 표제작으로 하여 단행본 출간.	1985	《날짜 기입선: 토론토》 《위험한 여름》
유작 《에덴동산》 출간. 여성의 광기와 양성성을 가진 남자, 동성애 등 기존 헤밍웨이 소설의 남성적 이미지와 다른 파격적 소재를 다룬 작품으로, 헤밍웨이 작품에 관한 젠더 문제 연구에 새 장을 열어줌.	1986	《에덴동산》
《어니스트 헤밍웨이 단편 전집》 출간.	1987	《어니스트 헤밍웨이 단편 전집》
7월 헤밍웨이의 탄생 100주년을 기념하기 위해, 미완성된 유고작을 아들 패트릭이 완결하여 《여명의 진실》이란 제목으로 출간.	1999	《여명의 진실》

옮긴이 **김성곤**

미국 뉴욕주립대학교 영문과에서 박사학위를 받았으며, 하버드 대학교, 버클리 대학교, 펜실베이니아주립대학교, 영국의 옥스퍼드 대학교 등에서 객원교수를 지냈다. 현 서울대학교 영문과 교수로, 한국 현대영미소설학회장, ㈜문학과사상사 주간, 서울대학교 출판문화원장 및 언어교육원장 등을 역임했으며, 2012년 현재 계간《21세기 문학》편집위원, 한국문학번역원장 직을 맡고 있다. 문학평론가와 번역가로 활동하고 있으며, 1990년에는 출판저널이 뽑는〈한국을 대표하는 번역가〉에 선정된 바 있다. 지은 책으로는《탈모더니즘 시대의 미국문학》《김성곤 교수의 영화에세이》《하이브리드 시대의 문학》등이 있고, 옮긴 책으로는《제49호 품목의 경매》와《미국의 송어낚시》등이 있다.

시공 헤밍웨이 선집

우리들의 시대에

2012년 2월 10일 초판 1쇄 인쇄
2012년 2월 17일 초판 1쇄 발행

지은이 | 어니스트 헤밍웨이
옮긴이 | 김성곤
발행인 | 전재국

본부장 | 이광자
단행본개발실장 | 박지원
책임편집 | 정은미 황경하
마케팅실장 | 정유한
책임마케팅 | 정남익 노경석 조용호
제작 | 정응래 박순이

발행처 | (주)시공사
출판등록 | 1989년 5월 10일(제3-248호)

주소 | 서울 서초구 서초동 1628-1 (우편번호 137-879)
전화 | 편집 (02)2046-2851 · 영업 (02)2046-2800
팩스 | 편집 (02)585-1755 · 영업 (02)588-0835
홈페이지 | www.sigongsa.com
세계문학의 숲 홈페이지 | www.sigongclassic.com

ISBN 978-89-527-6455-3 (04840)
     978-89-527-6454-6 (set)

태양은 다시 떠오른다(1926) | 권진아 옮김

'길 잃은 세대(Lost Generation)'를 대표하는 헤밍웨이의 첫 장편

청년 헤밍웨이를 일약 미국 문단의 총아로 떠오르게 한 작품. 전쟁을 겪은 후 삶의 방향을 상실한 젊은이들의 방황과 고뇌를 사실적으로 그린 헤밍웨이의 첫 장편으로, "만취 상태로 보낸 기나긴 주말"로 표현되는 당대의 불안과 상실감을 헤밍웨이 특유의 간결하고 예리한 문장으로 묘사했다.

| 뉴스위크 선정 100대 세계소설 | 타임 선정 100대 영문소설 | 뉴욕타임스 선정 100대 영문소설

무기여 잘 있어라(1929) | 김성곤 옮김

서른 살의 헤밍웨이를 세계적 작가의 반열에 올린 두 번째 장편

전장에서 만난 헨리 중위와 간호사 캐서린의 비극적 사랑 이야기를 통해 삶의 부조리에 직면한 인간 존재의 보편적 비극을 깊은 통찰로 그려낸 수작. 작가 스스로 "내가 쓴 《로미오와 줄리엣》"이라고 말할 만큼 애절한 연애소설이자 1차 세계대전을 무대로 한 가장 유명한 작품이다.

| 뉴욕타임스 선정 100대 영문소설 | 미국대학위원회(SAT) 추천도서 | 서울대 동서양 고전 200선

누구를 위하여 종은 울리나(1940) | 안은주 옮김

미국 문학사의 지평을 넓힌 헤밍웨이 중기 문학의 대표작

스페인 내전에 참가한 헤밍웨이의 경험을 토대로 한 장편소설. '길 잃은 세대'의 기수로서 주목받던 초기와 달리 헤밍웨이의 인간관과 사회관의 변화를 뚜렷하게 보여주는 작품이다. 파시스트에 반대하는 미국 청년 로버트 조던과 게릴라 부대 동료 대원들의 이야기가 중층적으로 펼쳐지는 대작이다.

| 뉴스위크 선정 100대 세계소설

노인과 바다(1952) | 장경렬 옮김

헤밍웨이 만년의 역작이자 노벨문학상 수상작

자신의 평생에 걸친 삶의 철학을 절제된 문장으로 응축하여 그려낸 살아생전의 마지막 작품. 거대한 청새치를 잡은 늙은 어부가 바다에서 상어 떼와 사투를 벌이다 끝내 빈손으로 돌아온다는 100여 쪽 분량의 짧은 이야기 속에 불굴의 인간 정신에 대한 찬사를 담아냈다.

| 1953년 퓰리처상 수상 | 1954년 노벨문학상 수상 | 국립중앙도서관 선정 청소년 권장도서 50선